如果你爱我，
请真诚地告诉我。

大鱼
有爱的
青春
陪伴者

小花阅读

学长，你不打算告白吗

未然 —— 著

上海故事会文化传媒有限公司

上海文化出版社

图书在版编目 (CIP) 数据

学长，你不打算告白吗 / 未然著 . –– 上海：上海文化出版社，2019.6
ISBN 978-7-5535-1611-0

Ⅰ.①学… Ⅱ.①未… Ⅲ.①长篇小说–中国–当代Ⅳ.① I247.5

中国版本图书馆 CIP 数据核字 (2019) 第 098057 号

责任编辑　蔡美凤
特约编辑　蒋彩霞
装帧设计　颜小曼　西　楼
特约绘制　高梦雪
印务监制　周仲智
责任校对　彭　佳

学长，你不打算告白吗

未然　著

出　　版　上海文化出版社
出　　品　上海故事会文化传媒有限公司
　　　　　（200020 上海市绍兴路 74 号　www.storychina.cn）
发　　行　上海文艺出版社发行中心
　　　　　（上海市绍兴路 50 号）
印　　刷　长沙鸿发印务实业有限公司
开　　本　880×1230　1/32　印　张　9
版　　次　2019 年 8 月第 1 版　印　次　2019 年 8 月第 1 次印刷
书　　号　ISBN 978-7-5535-1611-0/I.622
定　　价　35.80 元

故事会　大众文化出版基地　®www.storychina.cn　　上海故事会文化传媒有限公司　出品（00878）www.storychina.cn

本书如有印装问题，请与印刷厂联系调换。联系电话：0731-82755298

目录

×

CONTENTS

楔 子

XUEZHANG,
NI BU
DASUAN
GAOBAI MA

　　A 城这几天天气格外闷热，到了第四天夜里，突然电闪雷鸣，大雨如注。

　　睡梦中的纪佑安倏然睁眼，摸黑打开了床头的台灯。听着外面混杂的雷雨声，他的目光停留在明书芮临走前留下的小说上。

　　那黑色封面上，印有一串烫金的英文字母，灯光下，反射出微弱的光芒。

　　《Romeo and Juliet》。

　　他顺手摸过来，随便翻了几页，崭新如初，仿佛并未读过。可夹

在里面的书签还是引起了他的注意，那页上，一段话被她用红笔标注出来，格外显眼。

"If you really love me ,please tell me sincerely ;if you dislike me too easy to fall out of ,I will heap up my anger ,pretend to be stubborn ,refuse your kindness ,and let you beg me for mercy ,or I will not refuse you anyway."

（你如果真的爱我，请真诚地告诉我，你要是嫌我太容易降心相从，那我也会堆起怒容，装出倔强的神气，拒绝你的好意，让你向我婉转求情，否则，我无论如何都不会拒绝你。）

纪佑安叹了口气，将书合上。他早就告诉过她，少看点悲剧性的东西，怎么就是不听。

他瞥了一眼旁边空出来的床位，揉着额头计算着。

明书芮回家多少天了？从那天晚上匆匆坐车离开算起，真巧，已经满满一周。

白天有人告诉他，明书芮已经被父母安排了相亲，还被要求留在老家工作，然后像所有人一样，结婚生子，传宗接代，过上老一辈眼中"踏实"的生活。

那个人没有告诉他后来怎么样了，他想，凭明书芮倔强的性格，一定和家里吵得天翻地覆，她会想出什么办法？逃走？断绝关系？还是绝食？

哪一种都不是他想看到的。

他起身到客厅倒了杯水，忍不住又开始环顾四周。厨房里有她用过的卡通瓷碗，沙发上有她买回来的抱枕，甚至空气中都有她留下的味道。

　　纪佑安刚刚做了一个梦，明书芮的相亲对象可能是 IT 行业的精英，对方穿着得体的西装，初次见面就拿出了价值不菲的钻石戒指，在西餐厅里单膝跪地，目光盈满深情与温柔，向她求婚。她对这种长得帅又有钱的男人最没有抵抗力，于是满面羞红地答应了。

　　梦里画面突然一转，他又看见明书芮坐在土房子前，穿着不合身的大花袄，怀中抱着一个孩子，哼着摇篮曲。这时戴草帽的壮汉回来了，他背上扛着一捆柴，伸手抽了她一棍子，谩骂道："死娘们儿，还不快去做饭！"

　　回想着，他突然猛灌一口水，喉结上下滑动，正好接住淌下来的水珠。

　　借着闪电的骤亮，纪佑安仿佛又看到了那双被泪水冲洗后的眼睛，带着些许哀伤，仿佛迷途的小鹿，跌跌碰碰一下子撞进他的心里。

　　一周前，明书芮临走时，在检票口留恋不舍地回头，那表情是他从未曾见过的深沉，他刚想开口安慰几句，就听她说："你能不能勇敢一点？"

　　纪佑安暗自琢磨了几天，一直都没有明白勇敢的意思，直到今天有人提醒他说："难道你就没想过和明书芮结婚吗？"他才恍然大悟。

　　"嘭"的一声，他突然放下水杯。

　　回到卧室里，他翻箱倒柜，找到行李箱，拿好换洗的衣服，又塞了几样生活必需品在里面。

　　短暂的思考后，他从床头最后一个抽屉取出一个小盒子，那是明

书芮大学刚毕业就已经准备好的戒指。

他拿出手机，订的是去 B 市最快的票，天亮就出发。

"If you really love me ,please tell me sincerely."

（如果你爱我，请真诚地告诉我。）

他这就赶过去，并不全为证明勇气和真诚。

雨停了。

纪佑安打开窗，一阵凉风灌进来，天边的鱼肚白隐约可见，漫漫长夜很快就要过去了吧。

第一章

XUEZHANG,
NI BU
DASUAN
GAOBAI MA

没有挫折的人生不完美

part 1

我第一次看到纪佑安，是在 A 大的新生欢迎会上。

这种官方的迎新会并没有太多的乐趣，人群中有不少人打着哈欠，而我是个例外。

当时，我手里正捧着一本新借来的言情小说。

看得正带劲，隐约间听到她们说学生会来检查了，我急忙把书往屁股下面垫，哪知道动作慢了一步，屁股刚挨上凳子，一双脚便停在了面前。

学长，
你不打算
告白吗

我暗想，糟了。

我抬头望过去，正好和南学姐的目光对个正着。

南学姐全名南可轶，长相一般，但架不住人家优秀，又是学生会成员又负责查宿舍，性格高傲又强势，免不了挨了一大堆人的怨念，可偏偏人家深得专业导师的喜欢。对此，传说版本中，南可轶的态度是：成绩好怪我喽？

是啊，人和人可千万不能比。

我还没来得及起身，沉闷的气氛里突然爆发一阵热烈的掌声，像天边炸雷。

魂差点没被吓出去，我拍拍胸脯，紧接着，耳边又传来此起彼伏的尖叫声。

顺着大家的目光，我纳罕着向台上望去，恰好那人刚走到台上站定。

哇，有点帅。

纪佑安的大名在刚进学校第一天我就听说了，具体事宜是，他代表我校参加的国际辩论队，成功晋级决赛。

谁说好事不出门的，很快，他获胜的消息口口相传，从外语系到我们中文系，辩论现场的视频不知道被人刷了多少遍。

宿舍舍友跟风赶潮流，我也就过去看了几眼。一般情况下，人的长相与才华是成反比的，可当我看到屏幕里纪佑安那张脸时，立马推翻了自己信奉多年的扭曲世界观。

谁说学霸可以不帅了！偏偏纪学长还是清秀温暖型的，视频里有近镜头，我特意仔细打量了一番，脸颊瘦削，内双，薄唇，高鼻梁。

穿着白衣的他，干净美好。我词穷，只能用这四个字来表达赞叹。

不过那时我还没得出那么确切的结论，就算他长得不错又才华横溢，但如果是一米六的话，就可以说惨不忍睹了。

台上，他将手稿放到一边，正视着台下身为新生的我们，面无惧色，侃侃而谈。

今日一见，果然不同于凡人。

这身高——我在心里拿他和旁边大腹便便的教导主任比量着，如果主任一米七五的话，那他至少一米八五。

所以我说，人真的不能比！

纪学长上台，周围的同学们果然精神了很多，大家可能都听懂了全英文演讲，脸上皆是一副若有所思的样子。

南可轶也好半天没动静了，我下意识地望过去，她却扭着头，侧过身子，眼神有点飘忽，不确定是在看什么人。

我又作死地叫了一声："南学姐？"

她慌张地将视线拉回，低头看着我，准备好拿笔记录。

"哪个系哪个班的？叫什么名字？"

"中文系，093。明书芮。"

她快速记录下来，淡漠地瞟了我一眼，又到别的地方检查去了。

本以为经过南可轶驻足这一会儿，我会成为旁边人的新目标，哪知道纪佑安在台上的风采实在绝佳，根本没人多看我一眼。

之前听到的版本都是纪佑安得过什么五花八门的奖，又或者哪个系的美女暗送秋波，唯独没有人告诉我，他外表温暖清新，骨子里却

是个严格高冷的人。

性格使然，这并没有什么错，可是问题就出在这儿。尤其是做起事情来，简直一丝不苟。

他的精益求精往往与我的敷衍了事形成鲜明的对比，身为被欺压的一方，我总是很没骨气地被人牵着鼻子走。

这样的总结是我加入了他的社团一学期后得出来的。

大二那年，秉承着构造丰富多彩大学生活的信念，面对众多的招新社团，我顿时犯了选择恐惧症。

我综合考虑了一下，唱歌？五音不全；跳舞，手忙脚乱。

而舍友林小徐看过了我的英语成绩之后，她在我耳边吹风："要我说，你就加入英语社。那可是纪学长的社团，正好还可以借机接近他，其次才是拯救你这奄奄一息的英语。"

届时社团整改，在眼花缭乱的社团里，纪佑安的英语社就像是开了外挂，重新申请批准的过程顺风顺水，让人简直怀疑他是不是走了什么后门。

他们社招新，我厚着脸皮去碰运气，参加了进社英语测评。据说纪佑安是出题人，满分150，原本觉得题不会很难，全程蒙完后，林小徐抱着我的试卷，叫得很夸张："非谓语动词？我们下学期才学呢！"

算了，我最起码能得个印象深刻奖。

后来被通知申请失败，仔细想了想，我鼓起勇气，拿着英语成绩跑过去找他点评。

纪佑安拿着我的英语成绩单，皱眉思索了很久，说了一句："过来吧，后勤缺人。"

就这样，我这块滥竽成功充了数。林小徐对此十分兴奋地说："明书芮，你这是踩了狗屎运阿！恭喜你离纪佑安又近了一步！"

没错，那时我感觉自己就像是飞起来的氢气球。

当天，林小徐狮子大开口，直接一口气吃掉了我 700 块钱的大闸蟹。

真正加入社团后，我才发现，英语社这种学术性强的组织，纯属是为了学霸而设立的。

他给新成员介绍社团情况时，旁边的女同学捅了捅我。

"你好，我进社英语测评才考了 135 分，社长说有点低，不知道你是多少分进来的？"

"67……"

她拍了拍我的肩膀，说我真逗。

加入社团后，我大多忙于对外宣传部分，纪佑安很少做"抛头露面"的工作，见到他的机会也不多。

直到下半年招新工作的末尾，我官方地问申请入社的南可轶英语成绩，她反问："你呢？"

我说我负责宣传，成绩不重要。

她嗤笑一声："那我比你强。"

南可轶最终被招进来了，我本没把这件事放在心上，可不知道怎么传到纪佑安那儿去了。当天下午，他突然发消息："晚上 7 点后来社团补英语。"

数一数，距离纪社长上次出现在社团活动时，已经过去了半个多月。

总是神龙见首不见尾。

而晚上，当我敲门进去的时候，只看见纪佑安一个人，坐在书桌前。

他说来了啊，过来坐。

我按捺住心慌，轻轻地走过去，又轻轻地问："他们还没来吗？"

"只有你。"

我的心更加慌了，抬头茫然地望着他。

似乎看穿了我的疑问，纪社长解释："只有你需要补习。把教材拿出来吧。"

按压住内心里的各种叫嚣，我小声说了句谢谢，本以为他没听见，哪知好半天后，他才说："不客气，就当是公益。"

我脸上一阵热。

我俩之间能说的话很少，补习了几次，大多都围绕语法问题而展开。

我不说话是因为不好意思开口，他不说话大概是因为高冷。

再后来，我常常背不出英文单词，纪佑安就陪着我一直在社团里耗下去。

我发音不准确，纪佑安找出了一张烤肉的图片，摆在我眼前，增大了我学习的劲头。

他说："想要成为一个优秀的人，就要动心忍性，曾益其所不能。"

这句话很有道理，一想到他就是这样严于律己的人，心里更加笃定他是我的白月光。

他的才华不容置喙，在文学院这片小分支上，一跃而出，已经成为学校重点的培养目标。那时有来学校访问交流的外国语教授，想带他去国外，以交换生的名义收他为学生，却被他拒绝了。

没人知道纪佑安拒绝出国深造的理由，我好奇，却识趣地没多问。

当时听到这个消息的时候，我正在社团做口语交际训练，抱着口语稿，还暗暗为他感到惋惜。

这时，他突然站到我面前。我轻轻一抬头，正好和他对视上，他板着脸，像是在生气。

可即便如此，我还是红了脸。

严肃的模样也挺好看。

part 2

没有挫折的人生是不完美的。

我深刻认同这句话。

尤其是在前几天英语四级考试再次落榜、竞选副社长失败后。

社团里，久而久之，大家都互相有所了解。我的英语成绩也展现在社员们面前，是所有人公认的差。

甚至好多人都在怀疑，我当初进社团是掺了多大的水分。

今年大三，所有人都忙碌于英语六级考试时，我却还在四级的道路上奔波着，去年考过一次，没过，今年我又不死心地报考了，结果还是原来那个结果，稳定性很强。

我五行缺英文，寒窗苦读多年，各科成绩出类拔萃，偏偏英语成了人们压榨我的绝佳理由，且百试百灵。

为了在这条坎坷的道路上走得平坦，第一次四级考试失败后，我

在网上报名了英语课程。学习过程十分顺利，前方道路宽阔平稳，大步流星地走过来，眼瞅着要到终点，在名为"四级考试"的独木桥上，"扑通"一声，又掉河里了。

现实是，当纪佑安放话说要选拔副社长后，我拼命地背诵、练口语、听广播。最终掉进水里的是那部高端国产手机，才陪了我两个月。

两个月也是感情，我将它捞出来，于大中午，屁颠屁颠地跑去了手机店求拯救。

修手机的小哥见到这部溺水的手机，表情相当丰富，最后叹了口气，说："我试试吧。"

他拿着工具，把外壳卸下来，一股清流自手机中缓缓渗出，还带着雾气。小哥估计也是第一次遇到这种情况，目瞪口呆："同学，你给手机蒸桑拿了？"

看来真是没救了！我呵呵傻笑几声，道了句"打扰了"，匆匆离开手机店。

回宿舍之前，我用公用电话给我爸打了个电话。

他看到来电提醒，似乎有点意外："闺女，是你啊，我还以为是诈骗电话呢，你那手机怎么关机了？"

我实话实说，唯独没说四级没过的事情。他把前因后果听了一遍，表态："真好，我闺女竞选副社长，和我一样有上进心。"

我说："爸，我这才哪儿到哪儿，跟您怎么能比。"

于是，我爸乐呵呵地把买手机的钱打了过来。

四级考试失败后，恰逢副社长竞选。

我刚从洗手间出来，没走几步，便听到有人说："明书芮英语四级到现在还没过，真是给我们社团丢人。自己都不主动退出，脸皮真厚。"

丢人吗？

洗手池的镜子里，我和自己对视了很久，知识没记住多少，那贬低声却一直萦绕着。我咬牙，那股不服输的劲头突然涌上来，心里盘算着要做点什么。

于是，当天下午，英语社副社长的竞选名单上，多了"明书芮"这个名字。

努力也努力过。我没法理解，为什么我的人生一沾上英语，就突破逻辑性地奔向滑铁卢？

补习后，从英语社出来，望着暮色盎然的天空，我感觉前途一片渺茫。

我还没来得及呼吸新鲜空气，背上便被人拍了一巴掌。

科学指出，各种紧张性刺激物会带给个体非特异性反应，总称为应激反应。其中包括生理和心理，具体因人而异。

身为强烈应激反应的当事者，我挨了巴掌后飞起就是一脚。

几秒钟后，预料之中的碰撞没有出现，我回头看了一眼，目标早已经躲得远远的。

我只好尴尬地笑笑，将腿收回。

"不好意思啊，社长，又是条件反射。"

纪佑安抱着胳膊，倚在活动室门框上。我用目光量了量，一米八五，应该差不多。

他语气似在开玩笑，问我："请吃饭还没请够？"

我下意识抬头看过去，却觉得他的目光颇有玩味。

起风了，天气有点凉。

我搓了搓胳膊。

纪佑安问："学了这么久，累了吧？"

我诚实地点头，拿捏不准他的情绪，又赶紧摇头。

他没接我的茬，直奔重点。

"我把这几天招新的人员档案都发你邮箱了，明晚之前整理出清晰的表格给我。"

听闻，我错愕地望向他：你是认真的吗？

那一百多个人员资料都具体到红细胞的数量了，就给一天时间？真当我是剪刀手爱德华吗？

"不干！"

"你确定要这个态度？"

我撇了撇嘴，改口道："南学姐不是刚当上副社长吗？新官上任，工作她来负责更合适。"

纪佑安愣了愣，眼神复杂地看着我。

我不说话，他也不开口，我俩在活动室门前僵持不下。

过了一会儿，抬头又无意间与他复杂的目光对视上。我突然觉得自己何止"凉凉"，真是凉透了。

"你不适合当副社长。"纪佑安冷不丁地冒出来一句，"别忘了明早背单词，请我吃饭。"

话说完，他抬起脚就走了。

提起了饭的事，我对着他的背影又是一阵哀怨。

上次修手机失败，回宿舍的路上，阳光暴晒，仅有的几块阴凉还被学校活动给占了。

我沿着树下，一边走一边在脑子里列手机价格表，不知道生活费还够吗。

综合考虑后，数据显示我最近运气不太好，钱不够。

可能是天太热的原因，烦躁突然而来，我抓心挠肝，恨不得立马冲个凉水澡，去去霉气。

说凉就凉，刚在心里咕叽完，脖颈便一阵凉意袭来。

然而头顶晴空万里，没有下雨的征兆。

我把胳膊绕到脖子后摸了摸，很软。

下意识地，不祥的预感涌来，我抓过来一看，居然是一只鲜活的毛毛虫，还在蠕动。

一想到这种东西在脖子上安家落户，我心里就一阵恶寒，顾不得形象，使劲抖落自己的衣服。

在校园宽阔的道路上，这样做果真是引起众人瞩目的一个绝佳方式。

由于我抖得太投入了，就连纪佑安什么时候过来的都不知道。

他淡漠的声音突然在头顶响起，问我怎么了。

我抬头，愣了好半天才打招呼，并告诉他，有虫子，小心点。

他听后一言不发，直盯着我。

本以为这人是过来看笑话的，哪知他突然伸手，粗暴地把我扯到一边。如果不是他扶着，那一个趔趄就足以让我摔倒。

"所以你是在找虫子？"

"怎么了？"

"还以为你抓虱子。"

不不不，这两样东西差别可太大了。

纪佑安没给我说话的机会，突然拎起我的衣领，将我转了过去，说："我帮你找吧。"

我自诩心理素质强，毕竟被英文折磨了多年仍然不抛弃不放弃。不过对于现况来说，再百折不挠的精神也根本起不到作用。

简短地说就是，我心态崩了。

身子被扭过去，我被迫背对着他，所有目光和表情都被拦截在身后，就只能凭想象去构造他现在的动作神情。越反复琢磨，内心越动荡不安。

我尽量让气息平稳，侧过头，轻声问："好了吗？"

他连头都没抬，命令道："别动。"

无意间瞥到他认真的模样，我缓缓扭过头，心里紧张不已。

于是，我乖乖听话，一动不动。

可这时，"啪"的一声，背上剧烈一痛。

条件反射，我飞起就是一脚，正踢在他膝盖上。

纪佑安惨叫一声后，"扑通"一下直挺挺地摔倒在地。

反应过来自己做了什么，我又连滚带爬地去扶他。

他解释说："我是在帮你拍蚊子。"

我连忙道歉。

哪知纪佑安根本就不吃卖可怜的那套，遮着半张脸不肯松手。

纪佑安："医药费和精神损失费照常赔偿，还要请我一个月的早餐。"

我正思量着一个月的早餐是什么意思，他就说："别误会，我只是想监督你晨起背单词。"

他太理直气壮了，总给我种碰瓷的荒唐感。可自己理亏在先，打肯定是打不得了，骂又不敢骂。我只好笑呵呵道："你看，纪社长，我们都这么熟了，手下留情一点吧……"

他冷笑一声，反问："有多熟？你在我家户口本上？"

那在你家户口本上是不是就不用赔偿了？

我诧异地望过去时，他人早已经走远了。

part3

第二天早上，我出门时已经是七点四十五，距离与纪佑安约定的时间已迟到十五分钟。

我不是故意的。

一大早，我接了一个神秘的电话，那人丝毫没有考虑到少女需要睡美容觉，不仅将整个宿舍活活吵醒，还死皮赖脸地占用了我整个美好清晨。

我跑过去，气喘吁吁地说："不好意思，来晚了。"

他看着我问："怎么才过来？"

我说接了一个电话，真抱歉。

学长,
你不打算
告白吗

　　纪佑安没再说什么,加上他的舍友田北,我的舍友林小徐,四个人一起吃饭去了。

　　至于为什么有他俩,说来惭愧,我当初条件反射一脚踢出去一个月的早餐。如果单独和纪佑安一起吃饭,肯定会被别人诟病,索性找了两个伙伴来掩人耳目。为此,我还深深地感慨过,颜值高了,无论对人对己,压力都很大。

　　巧的是,今天我和纪佑安的早餐完全相同。

　　饭中,林小徐好奇地问:"你们两个是不是故意的?"

　　众人沉默,头上似有乌鸦飞过。

　　冤枉!买完饭后我就把饭卡丢给他了,我怎么知道他今天吃什么。

　　无视掉这个问题,我塞了块苹果在嘴里,嚼得正带劲,却听到纪佑安问了一句:"新成员资料整理了吗?"

　　成员资料?

　　我心虚,快速地瞟了他一眼,刚低下头,又听到他说:"我再给你一晚上的时间。"

　　我点头,十分狗腿:"足矣足矣。"

　　不得不说,我今天的食谱是有科学根据的,所谓的科学根据就是早上那个神秘电话,也算不得神秘,接通以后才发现,原来是英语学习网站的督促老师——我长这么大,认识的第一个鼻音很重的娘娘腔。

　　平日里,我和他之间的学习交流都通过社交软件,当得知我英语四级又成功滑铁卢时,那老师说:"别难过,小可爱,这次不过还有下次嘛。摸摸头,摸摸头。"

我本以为这是来自师徒一场的关怀，可没过几天，他便开始使出浑身解数，忽悠我续费英语课程。

　　那一套学习套餐下来，都可以再买一部奢华版国产手机了，并且也起不到什么作用，我现在觉得自己当初是吃了猪油蒙了心，才会傻呵呵地相信什么网站，网站那么有用的话，还怎么让胜利者找到优越感？

　　综上所述，我认为网站除了烧烧钱让人心里痛恨一阵外，并没有什么药到病除的作用。果断拒绝。

　　可是对方似乎盯紧了我，隔三岔五地发消息进行各种骚扰，今天是你吃饭了没，明天就是你睡觉了没。

　　让我彻底爆发的，是某个在打游戏的下午。

　　对方发了一个窗口抖动，敌方成功把我老巢端了。

　　望着手机屏幕上灰色的"Defeat"，我的心情瞬间也变成了同种色系。

　　打开聊天界面，我问他："我到底哪里对不起你了？"

　　对方表示，输了真是太遗憾了亲。

　　我："有屁快放。"

　　"亲亲，英语四级没过，续费也不同意，你是要玩物丧志了吗？"

　　你哪只眼睛看我玩物丧志了？

　　秉承着待人温和的良好美德，我尽量不爆粗口，又再三表示自己真的不需要。

　　对方说："你看，你这么笨，我都不放弃你，你也别放弃你自己好不好？来，续费，让我为你打开英语世界的新大门。"

"大哥,我的大门您打不开了。"

"为什么?"

因为我想把那扇大门卸下来拍你。

大门的话题就此过去,为了恳请他罢休,我开始随便找借口。

"您与其在我这里浪费时间,早说服八百个同学续费了。"

他发了一个大哭的表情:"哪有八百个同学,明明一个理我的都没有。"

"八百是一种夸张手法……那什么,我要打游戏了,我不想再输了,让我赢一把,谢谢您,给您鞠躬了。"

这话刚刚发过去,屏幕上就显示"对方正在输入",管他输入的是什么,我的手指快速操作,直接把人拉黑。

逍遥了一晚上,第二天一大早,我就毫无预兆地接到了对方的电话。

对着那个声音,我在脑子里搜索了许多形容词,最后终于想出了一个"风风韵韵"。

而最关键的是他不仅娘,还磨叨。

原本一分钟可以结束的通话,硬是被延长到了十多分钟,话题早已经从续费上升到了吃早餐。

他说:"早餐最营养的搭配就是苹果包子豆浆啦,亲亲一定要乖乖吃哦。"

他还说:"不吃早餐会加重肥胖哦,亲亲请参考日本相扑。"

挂掉电话后,林小徐把玩着手中的饭卡,问我什么时候去吃饭,这时脑子里突然闪过一身白花花的肥肉,我说:"现在就去!"

我要去吃所谓的营养搭配。

当初在网站选择指导老师，我望着简介所差无几的老师们挑肥拣瘦，最后之所以会选择这个叫纪渊的人，还不是因为他名字中有个"纪"字。

哪知道这老师是个人人得而诛之的奇葩。

我悄悄感慨着人生无常，讲台上，教授讲课讲得带劲，敲着桌子，一字一句道："语言迁移现象，是指第二语言学习者在使用外语时常常借助于母语的发音、词义、结构规则或习惯来表达思想的现象。如果母语与第二语言的语言规则是一致的，那么语言迁移便对第二语言有积极意义，叫正迁移……"

听他讲到这里，我不禁停下做笔记的笔。按照语言学概论的说法，那炎黄子孙的我学不好英语就属于负迁移喽？

成功为自己的失败找到了理论借口，我感觉心里坦然了许多。这时老教授的目光掠过，正准备回神听课，我面前突然多了一张纸，望了望旁边的林小徐，我茫然地把纸翻过来。

林小徐："我觉得纪佑安真的不错，与其以朋友的身份暗恋，不如正大光明地追他！"

"你怎么想的？"

我把字条传回去。

很快林小徐又传了回来。

"你看，他硬是让你请他吃饭，故意和你增加相处的时间，这还不能说明问题吗？"

我写道："什么问题？"

"我感觉纪佑安喜欢你。"

"扑通"一声，我没坐稳，一屁股摔到了地上。

老教授目光袭来，我顾不上屁股疼，点头哈腰地解释："这凳子坏了，凳子坏了。"

我全当这是林小徐的无聊之举，根本没放在心上，然而当下午去参加社团的语法交流会时，我才突然想起了课堂上那场惊心动魄的纸上对话。

望着纪佑安线条流畅的侧脸，我又想到条件反射踹过去的那一脚。

真是罪过罪过。

还好没留下什么后遗症。

也不知道纪佑安甩出了什么学术性的问题，众成员纷纷踊跃回答，最后大家说得差不多了，他出来做最后的总结。

"我们在学习英语语法时，首先要摆脱传统的学习语法的误区，这并不是单纯的规则，更重要的是应用于实践，将理论与实践二者相结合。"

纪佑安说完，所有人仿佛都被感化了一样纷纷点头，我感觉自己轻飘飘的，眼皮很重，昏昏欲睡。

这种情节下，往往总会有一个及时雨把女主角在疲惫中唤醒。不巧的是，我的及时雨是坐在前面讲话的纪佑安，他示意我："你来说一下我们刚刚讲了哪几种难点语法的使用规则？"

我恨自己没有半分演戏的天赋，只能愣愣地接受着大家伙异样的目光，并且想申请在地道里留个出口。

见我回答不上来，纪佑安便没再说什么，宣布此次语法交流结束，接下来是每周五的英语阅读时间。

从虎口中脱险，我一边将事先准备好的读物拿出来，一边长长地舒了口气，只是当定睛看到那本书的封面时，那口气瞬间卡在了喉咙里。

临出门前有些匆忙，我在宿舍的书架上顺手摸了一本，印象中那本是《Love and the ocean》（爱与海洋），可是现在摆在眼前的却是《校花与渣男男友》。

我不禁赞叹自己的好运气，此时是不是应该唱一首《好运来》，以此来表达对命运的尊敬。

倒霉往往是一项乐此不疲接踵而至的事情，纪佑安接了个电话出去了，当我借口肚子疼向新上任的副社长南可轶展示自己已经快不行了的时候，她表示："明同学，新来的社员忘记带书了，你要是回去的话，可不可以把书借给她看一下？"

我犹豫不决，心想，能让新人看玛丽苏言情小说吗？

就在那发愣的一瞬间，旁边的胖子不嫌事大地夺过了我的书，并配音："天哪！"

哦，天哪。

南可轶目光扫过封面，夸张地瞪大了眼睛，声调也提高了几分，然而在我的眼里，颇像破了音的公鸡。

"你到社团来就是为了看这个？身为社团的旧人，没有一丁点的表率作用，新人都是被你们这样的成员给带坏的。就你这样的态度，四

级怎么能过？"

估计纪佑安进门的时候也觉得气氛诡异，他站到位置上，冷眼瞥过来，让人觉得背后一阵凉意。

他说："明书芮，你出来一下。"

这下完蛋了，我暗自叫苦不迭，他可别下了饭桌就不认人呀。

社团一共两间屋子，一间大的被用来做活动室，另一间小的名义上是大家的休息室，其实只有纪佑安忙于社团工作时使用。

他一路走进去，我低着头，努力表演成一个做错事情的可怜孩子，跟着进门。

说起来这还是我第一次进他的休息室，干净整洁，只有几张桌椅和一排书架，四周的墙壁被涂鸦过，色彩斑斓，大大的英文字母醒目而又潮派，给略微空旷的屋子增添了不少神采。

他指了指对面的椅子，示意我坐下。

他伸出手："拿来。"

我装傻："什么？"

"你说呢？"

我摇头，我拒绝。

纪佑安突然起身，我下意识往后挪了挪，可是一张椅子再大也大不到哪里去，我干脆使劲瞪着他。

纪佑安在前方站定，居高临下。

"最后一次机会，拿出来。"

我突然想知道，不珍惜最后的机会会怎么样。

简短考虑中，我想起了一句话"好好活着不好吗"，最终还是乖乖地拿了出来。

他接过去，读出书名："《校花与渣男男友》？好看吗？"

我一边点头一边想，这名字真接地气。

"看到结局了吗？"

我摇头。

纪佑安勾着嘴角坐回去，动作太大，衬衫扣子突然崩开，抬头看我正盯着他，又急忙将扣子系上。

这眼神实在是太冤枉人了，我什么都没看到啊！有本事再来一次。

他望着那本书，似笑非笑地说："看名字就知道是一个什么样的故事。你还看这些？"

"无聊的时候翻翻。"

"你还不如翻翻《英汉词典》。"纪佑安将书收在他的抽屉里，完美一笑，"I have a collection.（我收藏了）"

你说 collection 就 collection 啊？我的大结局还没看完呢！

我刚想张嘴辩解，再次感受到一阵寒意，与纪佑安的目光碰撞上，到嘴边的话瞬间拐弯——

"纪社长要是喜欢的话，那就'恭敬不如从命'了。"

临走前，纪佑安突然叮嘱我说："身为英语社的人，别总是被人看低。而别人对你的排挤，能是看扁，也能是嫉妒。"

回去之后，我对他的话反复琢磨，发现还真有道理。

自己不努力，又怎么怪别人给自己难堪呢？

自己不用心，又怎么对得起别人的帮助呢？

自己不上进，又怎么理直气壮地和优秀的人站在一起？

茅塞顿开，我打开电脑，登录社交账号，找到纪渊的 ID："老师，我续费！"

第二章

我不需要你这么助人为乐

part 1

晚饭后的宿舍总是美好的。

一天的课过去，一天的喧嚣也过去，挤在只有几个人的小屋子里，难得能做点属于自己的事情。

我对着电脑听英语课程，昏昏欲睡，为了能让自己振奋起来，我决定骚扰下铺的蒋秀米。

摸起床上的外套，我挂在栏杆上，向下抖动出一阵风。

就不信她没反应。

然而，自顾自地玩了一会儿，还真没人搭理我。扔下耳机，我将脑袋探出去。

"秀米，你干吗呢？"

没有回答，蒋秀米一脸疲惫地躺在床上，目光呆滞，像是失恋了。

我麻溜爬下来，一屁股坐在了她的旁边。

蒋秀米仿佛这才意识到身边多了一个人，大叫一声："你干吗？"顺手还带着被子向后缩了缩。

我哑然，这反应有点大。

"我在上面听课听得无聊，下来找你聊聊天，你今天晚上约会怎么样？"

听完这话，蒋秀米脸上的表情更加纠结，她叹了口气，欲哭无泪道："我觉得陈毅要和我分手了，他说我蠢得要命。"

我告诫自己，这事不能乱开玩笑，于是在心里严肃了几分，出于对舍友的关心，又问了一句："发生了什么？"

蒋秀米和陈毅高中就暗生情愫，本以为高考毕业后会各奔东西，没想到两人如此有缘分，上了同一所大学并且还轰轰烈烈地在一起了。

关键是，陈毅是个优质富二代，人帅又品行端正，这已经成了我们宿舍全体羡慕嫉妒恨的对象，林小徐更是放话："太虐狗了，我要找男朋友反击你们！"

可她这话抛出来很久，还是孤家寡人一个。林小徐常常搂着我的肩膀说自己在透支青春，我就会很自觉与之划清界限，我的青春可没有那么空白。

不过蒋秀米伤春悲秋的借口也是奇怪，险些没让人笑得背过气去。

蒋秀米和陈毅交往了那么久，很难相信他们的发展依旧停留在牵牵手上，为了能让男朋友对自己动手动脚，她想尽了一切办法。

出了电影院，蒋秀米想到片尾那男女缠绵的一幕，红着脸表示她有点热。陈毅领会，思虑了一番，带她去吃冰激凌了。

即便如此，蒋秀米也不肯放弃，冰激凌刚做出来，还在冒气。见陈毅迟迟不肯动口，她将冰激凌拿到自己面前，贴心地问他是不是太烫了，于是吹了吹。

我听完，虚头巴脑地安慰她："陈毅不是在说你蠢，他应该只是觉得你可爱。"

"真的吗？"

"真的。"

旁边的林小徐暂停下笑声，反问我："竞选副社长时，纪佑安是不是也觉得你特别可爱？"

我察觉到此人话里有话，没再开口。一头雾水的蒋秀米还在问怎么了，发生了什么。

想当初，我参加副社长竞选时，进行各项综合测试。

当完成最后一项的短文翻译时，纪佑安瞄了瞄我的答案，冷不丁来了一句："Are you blind？（你瞎啊？）"

blind？什么 blind？

管他是什么，为了给足他面子，我连忙点头："yeah！ yeah！"

溜须拍马总是没错的。

学长，你不打算告白吗

回来之后，我把这事向林小徐叙述了一遍，林小徐听完之后思索了很久，才木讷道："我觉得你当不上副社长了。"

"为什么？"

"他是在问你是不是瞎，你居然点头说是！是！"

得，拍马蹄子上了。

我心里早就知道自己竞选副社长肯定失败，却没有想到最后是输给了南可轶——我的死对头。

人们说，没有死对头的人生是不够完美的，从当初踏入社团大门的第一天起，她这头狮子就像见到老虎一样，对我处处排挤不说，还要争个你高我低。

当然，凭借南学姐响彻云霄的大名，大部分时候我们的对抗输的都是我。

蒋秀米不再抑郁，我也不犯困了。

重新爬回自己的床上，戴上耳机，电脑右下角社交账号闪动，我点开一看，原来是纪渊。

纪渊：学得怎么样？

我：还好。

纪渊：为了感谢你对我工作的大力支持，我决定送你一套四级的资料，方便的话把地址和联系方式发一下。

我猛然从失神中抽离出来，这才想起当初注册网站时怕上当受骗，用的是自己不经常用的手机号码。

现在天上掉馅饼，不接白不接，我手指飞快地打字，几秒钟就把个人信息发过去了，又得了便宜卖乖地说声了谢谢。

紧接着，纪渊那边沉默了好久。

我顿时有些不满，这要是换作别人，高于10块钱都不给。

对方一直没有回音，我闲得无聊，顺手换了私人账号，点开了英语社总群，一连串的恭喜恭喜看下来，我还以为哪两位成员牵手成功，找到源头，却是在恭喜南可轶胜任副社长。

我奉行随波逐流，碍于情面，也打了个恭喜发过去。然而我一冒头，就被一直没说话的南可轶突然@，说了句谢谢，还说本周末晚上八点，校外请大家吃烧烤，不见不散。

我还没来得及推辞，再次被对方点名："一定要来哦。"

我悔不当初，恨自己干吗要多此一举，简直是自掘坟墓！

社团群里，大家七嘴八舌地开始讨论各种语法应用，他们的文学造诣已经远远超过我的认知。虽然看了也看不懂，但我还是大体浏览了一遍，那些随口说出来的复杂词汇和语法真是太专业了，看起来很厉害的样子。

难道这就是强者的世界吗？

没过多久，纪佑安突然说了一句他周末有事，烧烤去不了。

大家伙逐渐也散了，该打游戏的打游戏，该学习的学习。

另一边的纪渊也回复了一个好。

舍友们都忙于手头的事情，我不好意思打扰，便随手问那老师：如果你不喜欢的人要你去参加她的庆功宴怎么办？

纪渊的回答十分简单：拒绝。

这话不像他的作风啊。我想了想，你可真是站着说话不腰疼，又打字过去：算了，打扰你了，我先去学习了。

part 2

周末晚上的庆功宴，我客套性地参加了，只是去喝了杯酒，便找借口匆匆离开。

对于这种互相虚与委蛇的聚会，我没有太大的兴趣，更何况还是死对头的庆功宴。

席间，南可轶还爽朗大方地搂着我的肩膀，对众人说："大家都知道明同学英语差强人意，但是大家不要歧视她啊，人都在努力，她也不例外。"

众狗腿十分配合地点头说好。

我倒是有点敬佩南可轶了，一言一行都在彰显着自己的大度包容，却又巧妙地将我贬得一文不值，这是多么强的战斗力，换位思考后，我又感到压力好大。

从外面回来，我不想那么早回宿舍闷着，想来想去也找不到合适的人出来玩，便去图书馆充电了。

图书管理员是个扎马尾的小姑娘，见我来了，很热情地打招呼，我报以她灿烂的笑容，问："有没有《校花与渣男男友》这本书？"

小姑娘低头查了一下，还真有。

终于有机会看大结局了！做好登记，我如狼似虎地扑到小说专区，很快就找到了目标。

林小徐几个人都还没来得及知道大结局，那本书就被我上交领导了。

为了弥补这一遗憾，我恨不得将书上字字句句都背下来，回去得意地告诉她们我已经看了结尾，并且真人主播实时讲述。

每当看小说的时候，我总能改掉一目十行的毛病，努力将每个字都抠到心里去。

临近末尾，男女主关系破裂，我的眼泪不自觉开始打转。

晚上八点以后，图书馆进出的人零零星星，大多都回宿舍打游戏或者拉帮结伙地去大排档了。夜幕低垂，估计也没几个人在图书馆发愤图强。

我看得正带劲，这时有人咳嗽了一声。

我抬头，循声望去，正对上纪佑安那张脸。

他问："这是怎么了？"

我赶紧抹了把眼泪，指了指手下那本书，吸了吸鼻子。现在这副狼狈样被他收进眼底，我只好佯装出一副强大无畏的模样，发问："你怎么来了？"

"来读书。"

我小心翼翼地挪了挪手臂，捂住书名。

"看书看哭了？"

我诚实地点头。

然而，他对我的诚实嗤之以鼻，走到书架上拿了一本全英文的书，翻开，推到了我面前。

"你应该求知若渴。"

"……"

几秒钟的内心挣扎后，为了防止他认为我朽木不可雕也，我乖乖接了过来。

对方将《校花与渣男男友》撤走得理所当然，我悄悄瞄着，目测一下他放回去的位置，却没想到纪佑安捧着书，页都没翻，坐到对面看起来了。

不好！我脸微微发热，一想到刚刚那段有激情戏，忙扑过去伸手就抢，然而对方十分灵敏，一手托住即将摔倒的我，一手将书高高举起。

埋怨着身高与力量的差距，我心怦怦跳。可命悬一线，迫不得已，我又快速在脑子里画出方案图。

第一，撒娇法。

一想到忸怩着说"纪哥哥，你就给我吧，人家下次不敢了"，我胃里就一阵作呕。

太毁形象了，下一个。

第二，威胁法。

我脚踩在桌子上，左手叉腰，右手比画着拳头，恶狠狠道："不还给我？你看看我的拳头硬还是我的腿脚硬。"

校园暴力啊，太彪悍了。

还没来得及分析下一个，我突然听纪佑安冷冷开口："再这样下去，我胳膊会断掉。"

见自己还被他托着，我急忙爬起来，然后又不死心地跳脚抓了几下。

非但没有成功，还和他靠得越来越近。感受到对方炽热的气息在头顶萦绕时，我立马躲得远远的。

我一本正经地说："纪社长，我还是觉得您看学术类社科类的书比较合适，这种小打小闹怕入不了你的法眼，还是还给我吧。"

"没关系，我虽然眼高，但是手低。"

你手可不低。

抢救失败，我欲哭无泪地坐回去，眼睛时不时地瞥着他。

没过多久，纪佑安便将那本书合上，轻咳了几声，敲了敲我的桌子。瞄着那干净的手指，我心中暗暗打鼓。

他说："我终于知道你英语四级为什么过不了了。看来你还是太闲，所以才有时间看这些东西。"那语气不重不缓，正好敲在我的耳朵里，"回去之后把四级词汇表抄五遍，后天中午交给我。"

我抗议："为什么？我不要抄！"

纪佑安突然站起来，双手撑在书桌上，身体前倾，一片阴影压下，挡住了灯光。他说："你也可以选择把女主被丢进浴缸那段抄写五遍，明天贴在社团公示栏上。只要你愿意抄，我就敢贴。"

我往后缩了缩，拉开两个人之间的距离。

"那……那我还是抄词汇吧。"

话说出来还没捂热乎，我就发现这件事好像和抄写并没有什么必然的联系。

可说出去的话成了泼出去的水，当着纪社长的面，我又不敢反悔，只能打掉了牙往肚子里咽。

盯得时间太久，我感觉书上的字母似乎变得越来越陌生，然而脑子里却不断回放着刚刚的一幕，那突然靠近的瞬间，如果我没看错的话，纪社长好像脸红了。

我用整本书挡住脸，悄悄地探出两只眼睛，打量着坐在对面的纪佑安。眉眼垂下，他的睫毛在灯光下凝聚成一片小阴影，深蓝色的 T 恤将皮肤衬得更加白皙，那副眉头拧在一起的专注模样，真让人百看不厌。

他手上的书早已经换成了全英文的《Things fall apart》（物尽其外），而我对于这本书的了解，也就只停留在书名上。

悻悻地收回目光后，我对着英文篇幅假装全神贯注。

时间不早了，纪佑安去填借书信息，顺便把我那本也借了过来。并且，他要求我一周之内读完，写读后感给他。

我心内哀号：社长，我真的不需要你这么助人为乐啊。

出了图书馆的门，便看到夜幕笼罩下的校园，人影依稀，纪佑安冷不丁地问了一句："我送你回去吗？"

我愣了愣。

加入社团这么久，真正接触他还是从莫名其妙多出来的补习开始的。我俩看似和平静好，然而最开始时，我同他说个话都紧张得要命。好不容易克服对话的心理障碍，这新出的又是哪一招？

纪佑安仿佛看穿了我，暗暗补充道："我怕你回去的路上吓到别人。"

……想多了。

还好是黑夜，纪佑安看不到我五颜六色的表情。我摇头，内心想着：

谢谢社长，但我还没惊悚到那种地步，路还是自己往回走好了。

part 3

据传言说，某日，纪佑安去办公室交作业时，李教授抿了口茶水，招招手："纪同学，来，我有个活动要交给你。"

学校东校区新建了一面墙，目的是与旁边的地界清晰地隔离开。可是当灰色的水泥墙建好后，校领导又对着光秃秃的墙面表示不满。

于是也不知道怎么，这个任务就下发到几个社团身上了。

今天是周五，纪佑安把社团活动安排到了周六周日。微信群的通知刚发出来，便有人炸了锅。

"社长，我周六周日回家一趟，不能去了，我请假。"

"社长，我女朋友周末去医院动阑尾炎手术，我也请假。"

"社长……"

屏幕上不停跳出来各种请假缘由，我本想回复"收到"，却无从下手。

这时屏幕上显示出纪社长的消息，他说："不愿意来的可以不来。"

我暗暗为这句话临摹出语气，八成是生气了吧？

逮住空隙，将收到发出去之后，我又登上了另一个账号，向网站老师请假：不好意思老师，我明天下午不能上网课了。社长安排了活动，居然还说"不愿意来的可以不用来"。我怕真没人参加让他尴尬，所以我必须要去做他的左膀右臂！

对方在线，很快就回了一个"好"字，紧接着又说："那你一定要好好帮帮你的社长。"

学长,
你不打算
告白吗

周六下午果然没什么人来，我到了都三十多分钟了，四周依旧寂寥空静，整个过程中只有南可轶提着喷色枪来了。

为了避免场面尴尬，我想开口打招呼，哪知她瞟了我一眼便擦肩而过。

我的胳膊停在半空中，放也不是，不放也不是，干脆挠了挠头。

算了，吃一堑长一智。我告诫自己，对于这种后天形成的冷屁股还是躲远点好了。

手里的纸稿被风掀起几页，我低头看了一眼，又继续计算图案的尺寸。

说起来有点复杂，草稿纸上画着五线的英语练习本，练习本最上方是文章的题目：《Make a poem with you》（予你成诗），跟下来的是密密麻麻的长句。

按照社长的要求：题目必须亮眼，人物衔接要自然立体。

当然，这个立体是指——那从英语练习本上方飘出来的外国老头。

平面图怎么画都可以，但对我这个自学成才的绘画爱好者来说，三维画就有点拿不准了。尤其是喷色步骤，着色量多少取决于涂鸦是否成功。

我看草稿看得头疼，于是换了个姿势，坐在旁边的石椅上，思考即将面对的几个难题。

不知道时间过了多久，我才有了点动手画的勇气，神思刚刚抽离，一抬头，便看到了不远处的纪佑安。

他站在树下，手中拎着颜料，目光似乎有点……迷离地望着我？

他站在这里多久了？我茫然无措，手一松，草稿纸掉了下去，我慌忙去捡。

这面墙很长，由于是分界点，所以校方比较重视，除了英语社之外，还找来了美术团和街舞俱乐部的同学帮忙。墙体分成了三部分，隔壁两个社团人手多，进度也快，一天就画完了一面墙。

而我们几个人势力单薄，即使马不停蹄地涂色，天黑前也才完成了一半。

收工前，纪佑安审核了大家的活动进度。其他人都没什么问题，偏偏到了我这里就说上色不均匀，怀疑是使用喷色枪时与墙面的距离问题。

纪佑安表示，这不是什么大毛病，明天再加以修改就好了。可就有人找不自在，哼唧了一句："英语四级没过就算了，连涂鸦也不会。"

我四级不过碍着您发财了？

我动了动嘴，刚想反驳回去，就听纪佑安冷冷的声音传来，那声音不大，却正好能传进每个人的耳朵里。

他说："要不你来画三维？"

对方哑口无言。

涂鸦墙工作了五天才结束，我喷完最后的颜色，也着实松了口气。

懈怠之余，回想起这几天的经历，我有点摸不着头脑。

最近纪社长的行为太奇怪了。

我调颜料时，余光一瞥，就看到他似笑非笑地望过来；站在高处

绘色时，还没站稳，他就过来帮忙扶凳子，吓得我差点一头栽下来；吃早饭时，纪佑安干脆也懒得亲自动手，坐在餐桌旁，告诉我："你吃什么我就吃什么。"

"那如果我想吃方便面呢？"

"去医院还上瘾了？"

闻言，我扁了扁嘴，在口才锋利的男生面前，真不该一时逞口舌之快啊。

我的胃经不起折腾，上次斗胆吃了方便面，结果在社团招新处疼得直不起腰来，最后活动只好草草收场，被纪佑安拖着去了医院。

当时，我心里的那头横冲直撞的小鹿荡漾着，已然盖过了胃疼，可现在回想起来，总感觉花痴得太明显，有点没面子。

大概是对送我去医院有恐惧，那天早上，纪佑安还是排队买了饭，顺手给我带了份一模一样的。

晚上，我拎着烤鸡回到宿舍，兴奋极了，直接一脚把门踢开。正在看鬼故事的赵玥宁敷着黑面膜，直接从床上跳了起来。

她正准备破口大骂，看到了食物，整个人又眼前一亮，温柔体贴道："芮芮，忙完回来了？"

我还没回过神，目光又转移到敷着白面膜的林小徐上，一黑一白。我问："你俩今天晚上带谁走？"

蒋秀米整日沉溺在恋爱中，每天最重要的事，就是考虑如何虐狗才能低调奢华有内涵。我对她谈恋爱没意见，可是这么晚了还不回宿舍，着实为她的安全感到担忧。

正想着，林小徐突然"噔噔噔"跑过来，笑容可掬地望着我。

我暗叫一声大事不妙，那眼睛里八卦的光芒熠熠生辉，已经挡不住了。

她问："明书芮明书芮，你和纪社长进展得怎么样了？"

"我那不是进展，是工作。"

林小徐不屑地"喊"了一声："我听说你们做涂鸦墙时，有人欺负你，纪佑安帮你出头了，有这事吗？"

"谁告诉你的？"

"田北说的。"

纪佑安最近奇怪的举动已经困扰我多日，既然有人问了，我干脆就一五一十地说出来。

林小徐听得眉飞色舞，空出一只手来拍了拍我的肩膀，力气大得惊人。

"明书芮，你笨啊，没看过偶像剧吗？"

"我怕看了和你一样缺心眼儿。"

"呸！说正事呢。我感觉纪佑安真的喜欢你！最起码你已经成功地引起了他的注意！"

我不信，这话她已经说两遍了。

可是躺在床上我却睡不着了，翻来覆去摊着"煎饼"，心像是被钟锤击过一样，回荡着余声，久久未息。

实在是难安，我本打算上个厕所，正好理一下情绪。哪知在下床时打了个滑，整个人躺在了地上，声音太大，惊动了她们。

林小徐打开灯，顶着困意，眯眼睛问我："你没事吧？"

"没事，就是跌了一跤。"

我艰难地爬起来，这才发现下铺没人，蒋秀米一直都没回来吗？

忍着臂膀上传来的剧痛，我彻夜难眠。

part 4

蒋秀米是第二天一大早回来的，据她描述，昨天晚上是和男朋友去酒吧了。

宿舍几个人的八卦心还没满足透彻，我不好意思打扰她们，便悄悄独自出门。

医院检查结果表示，我的胳膊脱臼了。

听说我强忍了一晚上的疼痛，接骨医生看过来的眼神都变了。

他感叹着："小姑娘，年纪不大，挺有韧劲啊。"

这话说得我哭笑不得，要怪就怪我不知道这是胳膊脱臼，才傻呵呵熬了这么久。

医生最后还多嘱咐了几句，像是以后再遇到这种情况不能拖了什么的……

从医院回来的路上，我接到快递电话，纪渊送的资料到了。

女孩子最欣喜拿到快递的一刻，我刚挂了电话，立马掉头去了快递站。在一大堆东西里扒拉了半天，终于找到那沉甸甸的包裹。

我用刚接上的胳膊掂量了半天，问快递员："这上面也没写是在哪个地方寄来的呀？"

快递员揶揄了会，说什么有权保护客户的隐私。

我对这种理由半信半疑，但人家不肯多说，也就不再刨根问底。

捧着快递回到宿舍，林小徐几个人同时发出了鬼叫声。

"哎呀！你电话里说不是脱臼了吗？怎么还敢用这个手拿东西？"

"就是，刚好了也不怕再脱。"

"太不会照顾自己了！"

我还没从舍友炽热的爱中反应过来，她们便将注意力转移到了快递身上。

既然是书，于是我拆开的时候很小心，生怕不小心将哪里划伤。

打开后，那厚厚的一摞书着实让我目瞪口呆。

这学得完吗？

纪渊送的四级资料很全，我小心翼翼地将那摞书放好，拍了个照片发过去，并附文字：谢谢纪老师，发来的快递我收到了！

等了好久不见人回复，估计是不在，我转身去刷了刷英语题。

接到纪佑安电话的时候，我正对着非谓语动词满面愁容。

然而，他张口就问胳膊脱臼的事，看了看还在努力刷剧的林小徐，我按捺住小雀跃，解释道："没事，就是不小心摔着了。"

"问题大吗？"

"不大。"

"那下午来休息室，墙面换涂鸦。"

如果不说最后这句话，我还真的以为他是在表达关心。

挂了电话之后，我一记眼刀飞了过去。

"林小徐！纪佑安是怎么知道我胳膊脱臼的？"

"我和田北聊天来着……"

"你还说了什么？"

"说你是睡着睡着从床上滚下来的所以才……"

我的刀呢？

我本以为，换涂鸦的场面必定是热热闹闹的。然而下午，在社团门口等了半天，除了纪社长谁也没来。

我暗搓搓地问："就我们俩吗？"

他弯腰将喷色枪提在手里，抬头看过来："不然你还想让谁来？"

不知道为什么，我的脑子里立马浮现了南可轶的名字。别来了还是！这可是好不容易得来的二人世界。

纪佑安的动作很快，甚至我都不知道他什么时候刷好的墙面。花花绿绿的世界突然变成了白茫茫的一片，再次进到休息室的我觉得头晕目眩，浑身不自在。

想了想，我又问："社长，你有草图吗？"

纪佑安："没有，自由发挥。"

好一个自由发挥。

我的绘画技术总体一般。而从小到大，我最擅长的就是画老鼠，躺着的、坐着的、吃东西的、偷东西的，三百六十种姿态不带重复的，只有你想不到，没有我画不好。

于是，秉承着选材择优的理念，我在墙上涂满了各种老鼠，为社长工作，当然要拿出最好的东西来。

画完之后，我得意地望了望自己的大作，并热情地邀请领导视察。

纪佑安和墙壁对视了很久，点头道："画技精湛，活灵活现。我只给你二十分钟的时间修改。"

"难道我画得不够丰富多彩吗？"

纪佑安："你每天对着这么多老鼠试试？"

……

于是，我又绞尽脑汁地思考新花样，众多创意被灭掉后，最终胜出的是画只猫。

一只巨大的猫，盯着姿态各异的老鼠们，琢磨着到底先吃哪只好。

我仔细端详着自己的新作品，这里修修，那里改改。这下他应该满意了吧。

哪知道一扭头，我正好看到纪佑安坐在桌子前，正目不转睛地盯着我这边。

背后突然涌上一阵凉飕飕的风，我摘下手套，留了一句："社长我还有事我先走了啊。"然后飞快逃离。

出了社团的门，我捂着胸口，惊魂未定。这样的纪社长太吓人了。

时间很快，一眨眼的工夫，新学期已经过去了一个月，大三的我望着新入学的学弟学妹，突然有种世事沧桑的感觉。

国庆节七天假，考虑到我国交通事业"假期忙"的常态，我和林小徐计划着晚几天再走。

巧的是，同一个世界，同一个想法。

社团里好几个成员怕在火车上被做成"人肉饼",决定留校几天,大家不谋而合。

为了能让假期生活富足起来,南可轶提议:"要不我们几个拼车去爬山吧。"

这件事很快就通过了大家的同意,纷纷表示:"反正闲着也是闲着。"

而家就在 A 市的纪佑安突然也凑起了热闹,并说可以带家属朋友什么的。连社长都出来参加了,我要是再推托就有点像是故意的了。

地点最终选在了五岳之首的泰山。

对于没什么爬山经验的我来说,出行前的准备工作成了最头疼的问题。还好有林小徐这个吃货,起码她把我们的食物都准备好了。

我收拾东西时,顺眼瞥了瞥她的箱子,随口嘟囔一句:"我们带这么多吃不了。"

林小徐立马手忙脚乱地把箱子扣上,解释着:"是你低估了我的饭量。"

那突如其来的慌张总让我觉得哪里不对劲,我琢磨了一会儿,答案不言而喻。

这时手机屏幕亮了,我摸起来一看,纪佑安在群里发了条通知,说是夜晚山上气温低,让大家带好保暖的衣服。

我跟风回复了收到,又翻箱倒柜,拿出了秋天的厚外套。

林小徐可能是对"保暖"二字有什么误解,我眼睁睁地看着她将羽绒服塞进了箱子里。

晚上,只剩两个人的宿舍有些寂寞,林小徐兴冲冲地又爬上了我的床，举着薯片让我来一块。

我接过来，嘴里嚼着，含混不清地问她："你怎么不看你的偶像剧了？"

"偶像剧哪有你好看？"

我深吸了一口气，默许了这人的胡闹，并且不管她说什么，仍旧雷打不动地听四级课程。

林小徐突然凑出来，贼兮兮地问："你怎么还在听四级的内容啊？"

我将她踹了下去。

第二天一大早，我便在林小徐的带领下去了候车点。

上车后，面对许多陌生的面孔，我最终选了一个较为隐蔽的位置窝起来。

一听说英语社的活动可以带外人参加，各系里没踏上回乡之途的女生几乎都托了关系，嘴上嚷着是要体验爬山的乐趣，实际上安的就是接近纪佑安的心。

强行被补习的我，算得上是纪社长身边的红人了——纪佑安身边让人嫉妒到眼红的人。我实在害怕今天成为众矢之的，干脆做只扎进沙土中的鸵鸟，逃避现实、视若无睹、自欺欺人。

可偏偏有人不给这个机会。

纪佑安向后回头的时候，我看了看内侧的空位，在心中默念：千万别过来。

紧接着，一个高大的身影便覆盖在头顶，我心中暗叫不妙，纪佑安低沉的嗓音便在耳边响起。

"往里坐。"

"不行！"

我拒绝得太干脆，话说完，抬头与纪佑安四目相对，又放低语气解释道："我累了，一会儿想睡觉，两个座位躺着才舒服。"

他听到这话，眼里居然多了几分笑意。笑得我心里漏了好几拍，正当我思考笑点在哪里时，他突然拉起我的胳膊，直接给我扔在了靠里的座位上，然后又补充了一句："你就忍心看我和司机抢座位吗？"

此话暧昧味道颇大，众人的眼神仿佛变了又变。

我闻见他身上淡淡的清香，心头像是被轻轻羽毛扫过，痒痒的。

为了逃避现实，我索性扭过头看着车窗外，高高的山丘立在公路两旁，显得这辆车渺小而又卑微。

打开手机拍了一张风景照，我又瞄了瞄身侧，纪佑安眯着眼，头靠在椅背上，似乎睡着了。

轻轻将头转过去，我仔细打量着纪佑安，这么近的距离还是第一次。眉毛像是天生被雕琢过一样，内双的褶皱若有似无，睫毛不长不短，配在他的脸上刚刚好。

鬼使神差地，我摸起了手机，摄像头还没对焦，屏幕里的脸突然睁大眼睛，一只手也扼住了我的手腕。

我吓了一跳，直愣愣地望着他惺忪的睡眼。

纪佑安压下声音，似笑非笑道："怎么，眼睛看不够吗？还要拍照？"

被抓了个正形，我惴惴不安，感觉心都快跳到嗓子眼了，只能佯装镇定地趴在窗边，心里却顿时编织出了一场大戏。

上午十点，一行人终于到达了目的地，大家陆续找栖身之所。

这时候我才反应过来，预订酒店的事早就被我抛到脑后去了，现在倒好，要拖着行李找合适的地方住，想想就觉得累。

林小徐终于不和田北腻歪了，跑过来问我："我们住哪儿啊？"

我微笑着说："你住在他心里就好了。"

林小徐闻言，微微脸红，压根没明白过来话里有话。

爱情果然可以让人没智商。

田北表示，直接跟他们住同一个酒店就好了这样也省得找来找去，麻烦。

我想了想也对，忽略掉林小徐那副捡了便宜的表情，点头同意了。

纪佑安对此的态度是：可以，免得早饭时间找不到人。

考虑到晚上想去山顶看星星，林小徐田北商量着夜爬，正好我也有此意，所有人把目光投向纪佑安。

他抱着胳膊，倚在房间门口。

"我没意见。"

连他都这么说了，四个人又痛痛快快地把时间定在了晚上十点。

吃过午饭后，林小徐嚷嚷着要领略别样的风土人情，便让田北带着她去逛街了。

我一下午都在睡觉，可是生物钟比闹钟管用多了，不到睡眠时间当真毫无困意。我干脆坐起来补充体力。

不得不说，有一个吃货好朋友就是爽，打开行李箱的那一刻，我脑袋里闪现了四个字：琳琅满目。

我嚼得正带劲,突然有人敲门。

生活太舒坦了,导致我还以为这是在宿舍,根本没多想,穿着睡衣就跑了过去,当我拉开门看到纪佑安的脸时,顿时梦中惊醒。

"你等我一下。"话还没说完,我"啪"的一声关上了门,赶紧换上正常的衣服,非常愧疚地道了歉后,又邀请纪佑安进来。

两个人坐在一个房间里也不知道该说什么,我心里七上八下的,再结合他最近的反常,变得更加局促不安,坐在沙发上,不停地搓着手。

然而,纪佑安却像是没事人一样,面无表情地拿出四级词汇表,说:"来,给我背一背。"

第三章

朱 砂 痣 和 脚 底 疮

part 1

晚上十点，四个人准时在酒店门口会合。

夜爬不建议带太多东西，所以能带的东西越少越好。

秋中，天气还是没有完全从炎热中走出来，吃人的秋老虎仿佛吃多了，走得慢悠悠又沉甸甸。

旁边田北和林小徐一见面就开始卿卿我我，纪佑安似乎和我一样觉得有点尴尬，往我这边踱了几步。

他仰首望天空，我顺着他的目光也望了望，天色幽蓝，星星繁多，

月明如勾。

我把目光收回来，瞄了一眼他的侧脸，下颚扬起，不算完美的骨骼线条流畅，看在眼里十分舒服。

这大概就是天生尤物吧？

我心里念叨着"好帅"，又像占了什么便宜一样，借机多瞥了好几眼。

纪佑安举起脖子上的望远镜，向四周眺望了一圈，一边迈出步子一边道："看来明天是个好天气。"

我纳罕着再次望天，一低头他已经走出很远。

我急忙追去："哎哎哎，等我一下。"

我之前因为懒从没爬过山，算起来这也是人生第一次了，没什么经验的我跟在纪佑安身后，身高和气势上的差距，让我像个十足的小跟班。

纪佑安还总是时不时地回头，仿佛在确认我是不是丢了，这时我总是冲他莞尔一笑，以表示"我还好，我没事，我的脚真的不痛"。

他总是偶尔停下来，很有逼格地拿起望远镜眺望，身为一个只玩过玩具望远镜的人，我实在没办法想象这黑漆漆的夜里，他能在里面看到什么。

我甚至想，难道是凡胎肉体无法看到的灵魂？泰山这种拥有悠久文化的圣地，还真说得过去。

正想着，纪佑安不知道什么时候停了下来，我闷头走路本来小心翼翼，一个不小心就撞到了他后背上。而纪社长很不给面子地一个踉跄，意外彰显出我的力气与体重。

这时他回过头来看我，不知道是不是被撞的缘故，表情别扭极了，急忙回过头去继续往上爬。

我的脚仿佛在短期的磨炼中逐渐肿胀，这不禁让人想起林小徐行李箱的猪蹄，在面子与命之间犹豫了一会儿，我还是开口申请休息一下再走。

纪佑安倒退回来，坐到了我旁边，嘲笑道："就这么一会儿你就不行了？"

"咕咚咕咚"灌了好几口水，我恍若重生，还没来得及为暂时的舒爽沾沾自喜，便看到他再次十分傲娇地拿起了望远镜。

我被他这随时随地都在装逼的精神所折服，终于忍不住问他，这到底能看见个啥。

纪佑安闻言，似笑非笑，把望远镜递给了我。

这一看不要紧，信息量还挺大。

那不远处勾肩搭背拉拉扯扯的身影很眼熟，不就是林小徐和田北吗？他俩什么时候走前面去了？

我恍然大悟，诧异地问他："你不会一路就在看这个吧？"

"不然呢？"他大言不惭，"你敢保证他俩不会走丢？"

我哑口无言，只能感慨他对两个人的智商很有先见之明。

坐下来我才注意到，前面不远处竖着"中天门"的牌子，来之前，费了好几番周折，才勉强选中了"红门——中天门——南天门——玉皇顶"的路线，目前已经到了第二关，我由衷感觉到爬山的不容易，又真诚地为接下来的路捏了把汗。

学长，你不打算告白吗

　　十月份，路旁的花草树木都逐渐枯黄凋零，凉风吹过的时候，会落下很多干枯的树叶，哗啦啦的，像是夜幕奏鸣曲。

　　就在这美妙的音乐声中，纪佑安拉着我的胳膊，将我一把薅了起来。

　　"社长，我还没休息够，能不能通融一下啊？"

　　"我倒是想通融你——请问你刚刚做的是美梦还是噩梦？"

　　闻言，我摸了摸自己发烫的脸颊。

　　差点睡着都被人发现了。

　　夜爬的人还算多，国庆节大家放假了，都没什么事，出来旅游也是正常。旁边操着一口东北话的大叔累得气喘吁吁，我路过他旁边的时候他正好抬头，从他疲惫的目光中，我似乎看到了同是天涯沦落人的惺惺相惜。

　　我实在不明白自己为什么要来爬山，这项看起来怡情雅致的活动真是在找虐。

　　也不知道从什么时候开始，天色微微亮，我拄着登山杖一瘸一拐地跟在纪佑安身后，约莫凌晨五点，他告诉我，到了。

　　纪佑安的推断没错，今天果然是一个好天气，远处天与地交接的地方，渲染出一片橙辉，旭日始旦，逐渐散出光芒万丈，朦胧中的黎明逐渐被点亮。

　　这番日出的美景，已经让我忘记了脚底的疼痛，不禁赞叹大自然带来的强劲视觉美。

　　我拿出手机，正准备拍照，却看到不远处一对小情侣在激情热吻。

　　我急忙别开了眼睛，虽然男女朋友之间谈恋爱卿卿我我很正常，但是在这清晨山顶日出的美景下，实在有些煞风景。

我看向纪佑安，他一脸淡定地望着远方。

碍于自拍时的矫揉造作，我磨不开面子，只好请他为我照一张与日出的合影。

又碍于面子，我不敢做什么可爱的动作，站在山顶的树下，比了一个剪刀手，他说好了，我急忙把手机拿过来。

当我看到那张照片时，整个人已经处于咬牙切齿的边缘。

那又矮又胖脸又大的人是谁？我的腰呢？我的腿呢？

他满脸镇定："你就是这样啊。"

这样？很好，原来我在他眼里就是这个形象。

我突然想在这拔地参天的地方领略一下展翅高飞。在心里纠结了一番，我安慰自己，能活着就很好，丑就丑吧，极速降落什么的不太适合我。

所谓"会当凌绝顶"，没想到有一天，我也能感受到这豪迈壮阔的气势，脚下一片雾气朦胧，生长在山尖的植物竞相汲取着天与地的养分，不知道是不是错觉，我居然觉得那些花草树木莫名充满灵气。

鬼使神差，我问纪佑安，你有没有什么愿望，现在许还来得及。

他瞪了我一眼，回过头去继续欣赏日出了。

我略带失望地看了看他手里的巧克力。

要问我用什么来形容日出盛景，搜刮出脑子里所有的词汇，大概能用的也只有"壮观"两个字。平时被人用烂的词，却鲜有人能亲身描述真正的含义。

学长
你不打算
告白吗

我和纪佑安在山顶待了三个小时，补充回体力，才晃晃悠悠地下山。

没有了山坡路，下山时比之前轻松了些。一路上，我和纪佑安统一保持沉默，当然，这并不是因为我安静可人，有种难受叫作多说句话都很累。

硬拖着自己疲惫的双腿，我感觉自己从头到脚的关节都变成了机械，麻木地走动让我感受不到任何的生气。

人已经累得要就地身亡，可是万万没想到，这样好的日子里，我能在这崎岖的山路上遇到我的前男友张梓迅，这真是比买彩票还要小概率的运气。

part2

遇见张梓迅时是在半山腰，当时纪佑安正拖着半死不活的我，莫名让人生出种被赶鸭子上架的感觉。再加上一晚上没睡，黑眼圈外加精神萎靡的自己就这样和前男友来了个清晨会晤，哦，对了，还有我前男友的现女友。

如果是我单方面看到他也还好说，若无其事地走过去，井水不犯河水。问题就在命运并不给我这样的机会，它巧妙地安排相遇，又更巧妙地让他们也看到我。

本想装瞎蒙混过关的我最终失败，张梓迅站在高处的台阶，一双眼睛上下打量着我，环抱胳膊："你也来爬山？"

我不知道他的语气是不是淡漠，但是一开口挺让人反感的，反感到，他刚准备讲话，我就想捂住耳朵表示我不听我不听我不听。

然而一向肚里能撑船的我并没有付诸实际行动，他望我，我望他，比眼睛大，他必输无疑。

　　前任见面，分外眼红。

　　大概是因为夜爬的疲惫，我开始惜字如金起来，能点头的绝不讲话，能一个字说完的绝不加标点。

　　对于我来爬山这件事，张梓迅的反应是："哟呵，有进步啊。最近英语学得怎么样？"

　　一听这话我恨得牙痒痒，他绝对是故意找碴儿的，只是还没等我整理好反驳的措辞，张梓迅的现女友便拉着他的胳膊，挤尖了嗓子问："迅哥，这女的谁啊？"

　　分手后，他的事我多多少少也听说过，我这人喜欢给自己找不痛快，余情未了那段时间，变着法地从别人嘴里打听他。如今一看，脑残了那么久，还好痊愈了。

　　据说刚分开不久，张梓迅就找好了"下家"，说是个刚进校的新生。我记得没错的话，就是面前这位面相酷似"山顶洞人"的学妹。

　　我对她用"这女的"的称呼感到不满，于是急忙回答："你好，我是你'前面'那位，论先后你得叫我'姐姐'。"

　　她一开始好像没听懂我什么意思，反应好一会儿，脸色突然变得难看起来。旁边的张梓迅也没好到哪儿去，仿佛快把眼珠子瞪出来了，他警告我别乱说话。

　　我这哪是乱说话，当初要是没个三宫六院，我又怎么会全身"绿"。

　　说是制帽厂也不足为奇。

我不打算再自找没趣，正准备离开，却发现那学妹的目光一直停留在我身后。

回头一看，正对上纪佑安不耐烦的眼神。

我撇了撇嘴，示意他给我点面子，可别在这种场合揭我老底，我可是一直把他奉为天之骄子的啊。

这时候，那学妹却道："哎，后面那是你男朋友吗？"

我犹豫了一下，正准备点头，纪佑安却抢先一步回答："不是。"

虽然这是不争的事实，但是听到耳朵里还是让人心里不舒服。

望着学妹脸上那副了然的神情，我尴尬地笑笑，正打算以"我们赶时间"结束话题，却又听纪佑安缓缓道："我在追求明书芮，想让她做我女朋友，但是她不同意。"

我被喉咙里一口气卡住，上不来也下不去，于是直接顺着他的话编下去："你……你跟他们说这个干什么，别以为这样我就会接受你。"

他突然绕到我面前，挡住我的视线，语气中难得透着一股温柔，如果看不见他那副悠然自得享受其中的表情，我也许会当真。

纪佑安说："你不喜欢，那我就不说了。"

还没等我接话，他又道："累坏了吧，下山我请你吃饭。"

任何事情都无法拯救累到虚脱的我，除了吃饭。

一听这个，我赶紧点点头。

下山的路好走，再加上前男友给的冲击，一路上满脑子都是张梓迅那副吃瘪的样子。我一直都不是什么大度的人，更何况当初被渣男玩得团团转，绿得像苦瓜。原本发誓和他老死不相往来，不过不得不说，与其形同陌路，还不如见面狠狠地刺激他一下，毕竟这种事做起来真是太爽了。

快到终点时，我对纪佑安道谢，表示刚刚真是多亏了你。

他转过头看着我："欠我的人情，以后记得还回来。"

不知道是不是因为刚刚赚足了面子，对于他锱铢必较这事我并不反感，还十分兴奋地点头答应："好好好，没问题，你说怎么还就怎么还。"

他瞟了我一眼，兀自去找地方吃饭去了。

我两步并作一步，急忙跟上他。

这顿饭纪佑安最后还是请了，我原以为他也就是逞口舌之快，却没想到这么实在，再加上在前男友面前帮了我，我顿时觉得，自己欠他的好像有点多。

饭债和人情债压得我有点辛苦，一路上，我都不敢再对他的任何决定提出异议。

而纪佑安好像看穿了我这一点，爬了一晚上山后，没有及时去休息，反倒是带着我逛了个街。

一听他说要逛街，我的瞌睡虫顿时赶跑了一些。作为一个钢铁直女，我总觉得逛街这事应该是女孩子之间象征友谊的小船，当男孩子主动提出来时，怎么都觉得有点怪异。

纪佑安不会是弯的吧？

我突然想起来上次他看了《校花与渣男男友》的激情戏，恍惚间有些脸红。

嗯，甚好。

学长，
你不打算
告白吗

　　纪佑安从前面走，我在后面跟着，不知道什么时候他停了下来，再次险些追尾的我捂着额头暗搓搓庆幸。

　　他凝望着我，我心脏乱跳起来，说你看我干什么，他说那你傻笑什么。

　　我想说我发现你不是弯的，可那清冽的目光落在身上，让人难以启齿。

　　街边有卖蒲扇的，纯手工打造的，扇柄上还挂着红色的吊坠。劳动人民真是太有创造力了，一个简单的蒲扇居然能够做到如此精致真是不易，我觉得只做蒲扇真是太浪费人才了，这么好的手艺，应该有更大的用处才对。

　　旁边的小黑板上，用粉笔写着六十元一把，我看向前方的纪佑安，正好他也在看我。

　　好不容易出来玩一次，总得带点纪念品回去。本来打算顺路也帮他买一把，当作报答人情。可当我算出来六十乘以二等于一百二时，顿时觉得这价格比较适合抢劫。

　　纪佑安依旧一副你快买的表情，我只好忍痛道："阿姨，我只有一百块的'零钱'了，可以卖给我两把吗？"

　　那阿姨犹豫了一会儿，从包里掏出一张纸，冲我温柔地笑笑："可以微信支付。"

　　我万分纠结地付了钱，想到花了这么多钱，一定要买两把结实的，用到天荒地老。那一排排扇子像走马灯似的摆在那里，一眼望过去，清一色的即视感让我很难挑选。

卖扇子的阿姨仿佛看穿了我的心思，她劝我："姑娘，这些扇子都一样。你放心，我亲手扎的，肯定结实。祖传几代下去都没问题。"

我报以勉强的微笑，一边拿起扇子一边想：哪个脑残会拿扇子传给后代啊。

纪佑安从我手里接过扇子，反复琢磨了一番。

我说："做工精良，带有当地的特色。我是为了收藏才买它的，能算是回纪社长一个人情吧？"

他继续研究着扇子的构造。

"早知道这是还人情就不让你买扇子了。"

我："……"你为什么不早说？

街上人逐渐多了起来，这个时间大都是刚过来出游的，抑或是刚从山上下来。不过旅途中不乏诸多颜值担当，我打了个哈欠，欣赏着来自不同地区的帅哥，然而地面上不知道被谁扔了一块石头，有我拳头那么大，差点被它暗算。

在即将与地面近距离接触时，纪佑安一把把我拽了起来，胳膊被扯疼是次要的，关键是他动作快得要命。

总算是有惊无险。

我借机扶住他的手臂，长长地呼出一口气，站好后急忙道谢："谢谢社长，要不然我就毁容了。"

他干净的脸上除了对我的无奈，总算是多了点其他表情，像是笑容，又像是干巴巴地扯了扯嘴角。

这差点一摔，倒是让我完全打起了精神。

就在我做好心理准备要痛快地逛个街时，纪佑安回头告诉我，他也困了，还是回去休息吧。

part3

睡一觉后，也离预计的返程时间不远了。

林小徐难得没有再和田北腻在一起，我睡醒的时候，她正穿着睡衣在客厅沙发上嗑瓜子。

喝了口水润了下喉咙，我问她："怎么舍得分开了？"

她说："没听说过小别胜新婚吗，适当的距离能保持两个人之间的甜蜜感。"

不愧是看过诸多爱情片的人，谈个恋爱都那么专业。

我顺手拿了个苹果，坐在她对面一边啃一边看四级词汇表，林小徐安静了没几秒钟，又把刚刚的问题甩给了我。

"你怎么舍得和纪社长分开了？"

这个问题问的真是……

"我又不是他女朋友，每天黏在一起做什么？"

这话说完，我自己暗暗琢磨了一下，怎么听都有种莫名的酸味，找个形容就是：类似于南极企鹅永远也无法到达非洲。

她又说："今天我吃饭时还碰到咱们学校的女生了呢，她们好像知道纪社长的房间号，要来找他表白。"

短暂的几秒钟里，我的情绪历经了一个巨大的起伏，一想到纪佑安那张千万年的扑克脸，我就替那热脸贴冷屁股的女孩子感到忧心忡忡。

林小徐可能觉得我对纪佑安蠢蠢欲动，便在旁边努力添油加醋："纪社长长得帅，又是外文系的才子，真想知道有一天他会找个什么样的女朋友。"

我翻了翻词汇表，有点忧伤，还有这么多单词没背完，要是纪佑安不定时抽查，估计又要玩完了。

这还不算结束，林小徐又说："哎，对了，我听田北说，纪佑安每天晚上都对着电脑，谁都不知道他忙的什么。你说他会不会已经有了女朋友就是没告诉我们啊？"

我刚想说你胡扯，在一起那么久我都没发现蛛丝马迹。谁知道翻书的时候太快，不小心撕扯了一页，"刺啦"声紧跟在她的尾音后，望向林小徐的时候，她一副自己"何罪之有"的表情，快速地溜去房间。

我欲言又止，低头看了看词汇表。

走了好，她太吵。

可是经过这么一折腾，心也没法静下来了，看到那么多单词没背，我的强迫症突然占据主导地位，硬逼着自己学下去。如此反复多次以后，我还是没办法沉淀下来。

就在第六次背错了第一个单词后，我决定不为难自己，出去走走。

然而好不容易自己肯放过自己，老天又不肯让着我，在我出门的时候，正好遇见了几个在纪佑安房间门口徘徊的学妹。

其中一个说："应该就是这儿了吧，洛颖，去吧。"

"我有点慌，再说，万一我们找错了怎么办？"

学长,
你不打算
告白吗

　　说话这个应该就是洛颖,我装作打酱油路人甲的样子,从她们身边穿过。反过头一想,自己怎么一副做贼心虚的样子?我本来就是路过,为什么要装?

　　莫名而来的正义感顿时让我挺直了腰板,底气足了几分。

　　这时候身后突然有人跑过来,我定睛一看,原来是刚刚那群人里的洛颖。

　　她问我:"学姐你好,请问纪社长是住这个房间吗?"

　　"住"还是"不住"?

　　我心里百感交集。

　　旁边有人突然道:"你不是英语社的明书芮吗?外交官?"

　　我说是,我是明书芮。

　　洛颖几个人立马一副见到救星的表情,当事人更是一把拉住我的手,热泪盈眶道:"明学姐,太好了。我喜欢纪学长很久了,从踏进校门的第一天起到现在大二,不管怎么样我都要表白一次,你可不可以帮帮我?"

　　这事也太考验我了,就好像踩着老板跳槽,压着上司升官一样。

　　我看了看那可怜的学妹。

　　也是时候让她明白社会的残酷了。

　　旁边的人好像看出我的犹豫,又说:"明学姐,你就帮帮她吧,她都喜欢纪学长一年了。听说你在文学院算是挺有才华的……"

　　事实证明,残酷的社会有时候也需要诚实的人。

　　我还是心软了。

上前去，我敲了敲门，开门的是纪佑安，正好少了很多麻烦。

我把情书举到他面前，他略带讶异地望着我。察觉到不对劲，我赶紧把躲在身后的我学妹拎了出来。

"纪社长，这位学妹和你有话要说。"

还没等我撤离战场，纪佑安却疾步上前，一把将我拉了回去。

一开始还是拉，后来就可以用拖来形容了。

望着手腕上那只手，我的体内血液突然发烫起来，仿佛已经预料到了他要做什么，可是他攥得太死，躲是躲不开了，解释又不让我说话。

那学妹一副遭受暴击的表情，我连忙摇摇头，这可不关我的事啊，我一开始是真的想帮你来着。

我说："纪社长，你这是干什么？"

他把我拉到他面前，扶着我的肩膀，万分宠溺道："听话，我错了，你别闹脾气了。"

"……"

我还没反应过来，他突然低头趴在我耳边，说了"还人情"三个字，突然就让人有种大梦初醒的感觉。

背对着那学妹，我也不知道她怎么样了，纪佑安一招就把我在她们心目中的形象彻底打碎，做个人可真难。

过了几秒，我终于听见那女孩的声音，她哽咽着："学长，你一定……一定猜到我想说什么了。你可以不喜欢我，没关系。可是你骗我做什么？明学姐很……很显然是个局外人。"

我哪就像个局外人了？

她又沉默了几秒。

"真不好意思学长，打扰了。再见。学姐也再见，希望你早点找到男朋友。"

不过说来，还真不得不佩服洛颖承受打击的能力，如果当事人是我，碰到这种情况，估计早已经掀桌走人了。

大概她走远了，纪佑安立马放开我，一脸兴师问罪的模样。他半个身子倚在门框上，半个身子倚在门板上，这让我很担心如果有人突然开门的话，他会不会直接倒下去。

纪佑安说："把以字母 S 开头的词汇背一下。"

我诚实，我认怂，我说我不会。

他表示这么有闲心关注乱七八糟的事情，还不如早点把单词背好，省得每年都要缅怀四级考试。

我："……"

所谓七分靠努力，三分靠天赋，这真的不能全怪我呀！

"时间差不多了，回去收拾收拾东西，我们该走了。"

"哦。"

我看着他开门进门，心里像是有什么东西搁下了一样，人情换人情，我得想想什么时候再让自己欠他一次才好。

肩膀上似乎还残留着他的余温，等我反应过来时，自己已经把手覆盖在了上面。

这是在干吗？我拍了拍肩膀，直接回了房间。

相比而言，回去的路上比来的时候要顺畅许多，主要原因是，在大家质疑我时，我说我其实就是他的跟班，大家都知道了我是谁，又不约而同地觉得，没什么竞争力，走得近点可以原谅。

于是，她们又把送给他的礼物都塞给了我，我不是纪佑安，没办法直接拒绝，就只好拎着大包裹往前走，步履维艰。

而前面的社长走路带风，插着裤兜走了，那背影干净利落得就像是"我挥一挥衣袖，不带走一片云彩"。

大家都觉得我没有攻击性，所以当纪佑安邀请我和他坐在一起时，同学们都很愉悦地接受了这件事情。

趁没有人注意，我默默地拿出镜子看了看自己。

大概是因为被顺理成章地接受了，整个返途过程中没什么意外，唯一出乎意料的地方就是洛颖坐在了我们的对面。

我一偏头正好和她那双圆圆的眼睛对视上，她的眼睛很亮，给人一种铜铃的感觉。

洛颖礼貌地冲我笑笑，在确定那微笑没有恶意之后，我礼尚往来地笑了。

偏偏这时候，她喊我："明学姐，可以加个微信吗？"

我愣了愣，纠结一番后，找出了私人账号的二维码递给了她。

这孩子一边扫还在一边笑，就好像加的是纪佑安的微信一样，笑得可开心了。

悬疑片里，当某个人要害死另一个人时，也是这种笑容。

学长，
你不打算
告白吗

part4

爬完山回到学校，已经陆续有同学从国庆节的忙季中捞了出来，步入校园的殿堂。

我们宿舍其他两人也回来了，尤其是恋爱中的蒋秀米，满面春风。

她问我们："你们去旅游了？"

林小徐说是的，我们去爬山了。

她又问："你们的感情大事进展得怎么样？"

林小徐说，很好很好，开心着呢。

我自认为这是一场与单身狗无关的对话，装聋作哑才是最佳选择。

林小徐却说："你怎么不问问书芮啊？"

果然，话题转移到了我这里简直在意料之中。

不知道为什么，自打成了纪社长的下属，我的被关注率从各方面有了质的飞跃，在外面，学姐学妹们因为我是纪佑安的跟班而多看我几眼，宿舍里，又因为我是纪佑安的仰慕者而备受关注。甚至有人还说什么好羡慕。

人们总是被这种虚无缥缈的东西迷惑了眼睛，却忽略掉了事物的本质。

挣扎了很久，我还是把到嘴边的"还不错"咽了回去，并且告诉了大家在山上遇到张梓迅的事情。

蒋秀米听完后，比我想象中还要愤慨，她将酸奶瓶子甩在地上，怒道："张梓迅现在在哪儿？老娘要手刃了他！"

赵玥宁也没心思刷题了，她表示，如果愿意的话，可以让张同学领略一下降龙十巴掌的威力。

林小徐说："有点过分了吧？张梓迅当初和你到底发生了什么？"

我说张梓迅就是我青春里最绚烂又难忘的那一抹色彩，以前是我的朱砂痣，现在是我的脚底疮。

"你别给我在这扯什么文艺！说事。"

林小徐一句话，迎面而来的是其他舍友皆好奇的目光。

张梓迅吧，在我印象里，仿佛是昨天的牵绊，也好像是上辈子的故事。

以前的时候，我这人爱跟风，于是，在那场单纯的太平盛世里，我的青春迎来的第一个兵荒马乱就是张梓迅。

他是校武术队的，那天穿着红衣耍了一套花枪，我的心就跟着他背上的汗珠一起黏在他身上了。

多年名义朋友，终于在高考结束后分道扬镳。然而天公作美，又意外得知我们俩上同一所大学，一来二去，好事多磨。

只是我们的关系还没有维持一年，就因为张梓迅多次的劈腿和战争而分手。

一直以来我都是睁一只眼闭一只眼，他也有所避讳，可是那次却把人领到了我面前，美其名曰是朋友，却有说有笑又打又闹。

士可杀不可辱，于是我和他大吵了一架，他说我疯婆子无理取闹，我把他送我的东西全部倒在了他面前，从此分道扬镳。在我转身往回走的时候，他将一支口红甩在了我背上，疼了我一个星期。

从此，我们俩再见面就势如水火。

林小徐听完后，差点情绪失控，她从床上下来，痛恨道："这也太渣了吧。"

是啊，不渣怎么会分手。

正当我想起过去悔恨不已时，纪渊突然发来消息："节日过得差不多了吧？该学习了吗，亲？"

请让我再休息几天吧！

我："纪老师，真不好意思，我最近因为私人问题烦躁得很，急需要放松来缓解我的心情，所以，不学。"

他问："什么私人问题？"

这还是个八卦的网站指导，什么问题能告诉你吗？

在遭到了我的拒绝后，他非常礼貌地提醒了我距离下次四级考试的时间。

而我也非常礼貌地告诉他，我没在怕的。

"不怕就好，真有出息。"

"我就当你是在夸我了。"

"不客气。"

"再见。"

吃完晚饭后，我和蒋秀米都没什么事，也不想回宿舍，于是一番协商后去了体育场。

在目前的我看来，体育场很大。

我五岁的时候，觉得幼儿园的操场实在是太大了；十四岁时，我又觉得初中学校的操场真是幼儿园的十倍；十七岁时，我又发现，高中的操场才是最宽阔的；二十岁了，又有不同的看法。

人的认知是会跟随年龄和见识而增长的，就像我以前苦苦认定张梓迅，现在一看，他在一众学弟学长中真的普通成路人。

大学的操场很大，可是并没有很多人。

我和蒋秀米散着步，走着走着就看到一位同学坐在那里写生，是个女孩子，微胖，皮肤白皙，戴着黑框眼镜，头发烫成了波浪卷，披在肩上。

我驻足停留了一会儿，她来回勾勒线条描摹花草，终于勾得满意了，才开始不紧不慢地上色。她注意到了我们，回头温柔一笑。

很快，立体的篮球架就出来了，深与浅，沉静与激昂，色彩搭配起来十分形象。

我说："同学，你是学设计的吗？"

她回过头，微微颔首算是礼貌回应。

不过很快，我就注意到，这姑娘眼睛有点红肿，还注意到，她右手没有食指。

别人的事情不方便问，可是心中又好奇，我强忍住这种纠缠在一起的情绪，站在她身后，想看看她绘画的水平到底有多高。

画上的东西很少，一眼就可以看懂。篮球架、篮球、男孩。男孩在做投篮的动作。

她快上色结束了，我说："还不错。"

她表示就是随便画画。

这时候，蒋秀米的男朋友打电话叫她出去，看她为难的表情，我

说没关系，你去吧。

　　她跟我说了好多句不好意思，应该是真的不好意思了。

　　正好那女孩收起画具，她把散落的头发扎成了马尾，背起画板，笑着问我要不要在这儿走一走。

　　我说好啊。

　　这女孩身上有一种特别的气质，她不漂亮、不完美，却能让人不自觉地想要靠近她，我想这就是她们口中的人格魅力。

　　我正慨叹着人家的性格是怎么养成的，女孩却急不可耐地将这种良好印象推翻。

　　手机提示音"叮咚叮咚"响个不停，我怕是谁的急事儿，停下脚步拿出手机，并且表达歉意。还没打开对话框，她就突然问我："是男朋友吗？"

　　我望着纪佑安的名字，连忙摇头。

　　"不是，是我们社团的社长。"

　　纪佑安发了好多条消息，简明扼要就是，限我三天之内，主动找他背所有的单词。

　　我看到这句话时惊得瞪大了眼睛，干脆破罐子破摔，回复他："甭客气，来取我命吧。"

　　这时，旁边的姑娘说："我是你学姐呢。"

　　我说："你怎么知道的？"

　　"明书芮吧？英语社团有名的外交官，和纪佑安走得很近。"

　　虽然早就知道自己已经名声大噪，但是这种"见到谁谁都认识我"

的感觉实在是有点不安，就好像你走在大街上，所有人都在观察你的一言一行。

她还没等我反应过来，自己却笑得一脸深意。

她说你喜欢纪佑安吧？

突然的疑问句让我有点发虚，此疑问句非彼疑问句，简单的几个字，却仿佛有着很大的杀伤力。

我急忙否认："这么说吧，纪社长的粉丝太多了，我就是粉丝里的一员，不敢有非分之想的那种。"

她轻轻点头，笑得却更加有深意。

我的这个理由……在无形之中给自己越抹越黑。

过了一会儿，她突然问我："你知道我为什么在这里画画吗？"

我茫然地摇头。

她说："为了钓男朋友。"然后用少一根手指的手捋了捋马尾，"我叫宋琪。"

第四章

XUEZHANG,
NI BU
DASUAN
GAOBAI MA

你可真是个小机灵鬼儿

part1

和宋琪在操场散完步后，我记不清自己是怎么回到宿舍的了。

宋琪是个很特别女孩，这种特别感很奇怪，似乎只基于这样浅尝辄止的了解。

国庆假期很快过去，不学习的理由也彻底被掠夺。我望着纪渊发来的测试题文档，恨不得有时间倒流的魔法，一夜回到解放前。

蒋秀米说，还是有控制日历的魔法比较刺激，这样天天都是假期。

全宿舍对她的想法表示了热烈赞同。

我对纪渊表示：这么多题难道不是要我命吗？

他说得也直白痛快："放心吧，死不了。"

我说你怎么知道我不会死？

他表示，要是我死掉的话，他不远万里来为我陪葬。

一看这人愿意和我一起死，我也就安心地学习去了。

大学生活看似精彩纷呈，实际很无聊，每天就是吃吃喝喝学学。对我而言，生活的全部乐趣大概来自每天与纪佑安相爱相杀。

在我向林小徐表达这个思想之后，她说你可真是太抬举自己了，明明只是你被纪社长杀，没有互相也没有爱。

这样直戳心窝的大实话虽然足够真诚，但还是阻挡不了我把她关在门外的冲动。

第二天早上，我仍然同纪佑安一起吃了饭。

一个月的饭期已经过去，可学习不止。纪社长委婉地表达了他要检查单词的想法，我急中生智，洒了他一手的温豆浆。

纪佑安恨得咬牙切齿，各自去上课前还不忘下最后通牒：今天晚上八点图书馆见。

林小徐把话听到了耳朵里，笑嘻嘻地说你可真是遇上了一个好老师。我不知道该怎么表达心里的苦水，只好笑。

于是，站在食堂门前，我俩完成了限时一分钟的尬笑。

上完语法课出门时已经是十点，胃里的东西消化得差不多了，空荡荡的胃像是一只夏季雨后的青蛙，在身体的池塘里咕咕咕叫个不停。

学长，你不打算告白吗

为了避免这种声音被外人听到丢面子，我拉着林小徐来到了学校门口那家重庆面馆，要了一份中辣的面。林小徐一路上坚持表示自己真的不饿，可是身处饭香中，她又很没出息地点了碗面。

这下可好，中午饭不用再吃了。

等待上面时，我托着下巴望着窗外来来往往的校友，不禁感慨了下祖国的计划生育政策。

这时候面端上来了，林小徐怕吃辣起痘，她的面清汤寡水，与我满碗通红的面成鲜明对比，我嘲笑她因为皮肤问题不敢吃重口，并扬扬得意地告诉她我怎么吃都是白白嫩嫩的。刚说完报应就来了，南方的辣与北方的辣果然不是一个级别，中辣便呛得我连连咳嗽，每吃一口都需要喝口水，眼泪不停地往外涌，我甚至都能够想象到自己脸红脖子粗的模样。

林小徐笑得前仰后合，手中的筷子掉在桌子上打了个旋儿，又被她牢牢抓住。

"哈哈哈，你明书芮也有今天，活该啊，哈哈哈……"

我压根就没办法进行反击，只好凶巴巴地瞪着眼睛，抬头的好几瞬，余光似乎扫到旁边桌上有人望过来。

出门在外难免有那么点回头率，我怕吓到别人，尽量把到嘴边的那个"f"开头的字母咽下去，又灌了几口水，余光瞥过去，那人好像还在看我们这桌。

一不做二不休，我干脆扭过头去和那人对视，只是做梦都没想到我与张梓迅天打五雷轰的孽缘居然这么深，爬个山相遇也就当旅途插曲了，吃个饭都能碰面，这着实考验我的胃口。

　　心里盘算着赶紧吃完赶紧逃离现场，当然，行动上也是这么做的，只是那碗面关键时刻实在是很不给面子，我吃了一口，辣味呛咽喉，忍不住咳嗽起来，紧接着再次喝水。可由于咳声太激烈以及人体构造的因素，水从我的鼻孔里呛了出来，万幸的是我急忙把头低到了桌子底下。

　　丑态的确是没有暴露在大家面前，可这样做十分引人注目，当然，这个"人"里面也包括张梓迅和"山顶洞人"。

　　我听到"山顶洞人"说："迅哥，那不是你前女友吗？"

　　我没看张梓迅什么反应，也不稀罕他的反应，不过短暂的沉默后，还是听到他说："前女友什么的哪有你好看，快吃饭吧。"

　　我与林小徐对视一眼，虽然什么都没说，但都在眼神里泄露出想掀桌走人的冲动。

　　然而世界上总有这么一种人，你对他们避之不及，而他们偏偏凑上来在你眼前晃来晃去，就比如说，此时此刻抱着面碗坐到我对面的张梓迅和"山顶洞人"。

　　我一口面卡在喉咙里，吐不出来也咽不下去，憋得脸通红。林小徐敲了敲桌子，问我不赶紧吃干什么呢。

　　我眼神示意了她一下，她立马明白了过来。

　　当林小徐看见挪到我对面卿卿我我的张梓迅和"山顶洞人"时，显得比我这个当事人还义愤填膺。

　　她说："太过分了！"

林小徐喜欢打抱不平的性格和她娇小玲珑的外表十分不符，我担心她会做什么，而我们两个也不是他们的对手，于是低声劝道："算了吧。"

她却突然将声音提高了好几个分贝："书芮，赶紧吃，纪佑安不还说在图书馆等你吗？你俩在一起多好啊，般配！"

我愣了一愣，不敢看其他人的反应，当众吹牛皮，看似了不起，实际上心虚得很，索性低下头哼哧哼哧地吃面。

然而我是个伪君子，看似一本正经，当出了面馆门后，就忍不住哈哈大笑起来，活像小人得志。

我说："林小徐，算我没白疼你，干得漂亮。"

她撇撇嘴，对我突然的转变进行了三个字的简单评价："不要脸。"

我不管，反正恶气是你出的，心里痛快的人是我，尽管再怎么鄙视我，我也决定承包下她明天的午饭。

宿舍里，只有蒋秀米一个人窝在床上啃鸡爪，眼睛通红，一言不发，旁边还摆着一袋子泡椒凤爪。我和林小徐暗自对视了一眼，什么都没说，各忙各的了。

我习惯性登录社交账号，头像刚亮，消息提示音就响个不停，我急忙关了静音。

纪渊："亲亲。学得怎么样了呢？有没有疑难点呢，可以提出来讨论讨论呢。"

我："暂时还没有。"

纪渊："那好的，亲一定要好好学习哦。"

从面馆出来，我的心情尚未归于平静。我总是在脑子里不断想象张梓迅和"山顶洞人"听到那话时脸色难看的样子，而且还自动闪现出无数个版本，令人满意。

不知道为什么，对于纪渊，我总有种莫名的信任，这种信任促使我大手一挥，打了一行字过去。

我："我今天做了件大事！"

纪渊："什么大事？"

我如实报告。

颇有臭显摆的意思。

我说完事情的经过，他很久都没有回复。我想他可能是忙别的去了，也是，人家那么忙，怎么会对我的小打小闹感兴趣，可能真是我太闲了。

我急忙又发过去一行字："你先忙，我去听四级课程啦。"

刚发过去，电脑就传来了提示音。

纪渊的话很官方，他表示我终于知道主动学习了，值得表扬，希望再接再厉，能成功拿下四级。

这番话就像是白开水，谁都知道是对自己有益的，但不得不承认它无色无味。

我也知道他这是在鼓励我，可是话说得干巴巴，与他平时的形象非常不符。所以我总觉得，是因为自己刚刚和人家噼里啪啦讲了太多，他八成对我这个人有看法了。

我望着自己这不听使唤乱打字的手，也实在狠不下心来教训它。

这时候，纪渊的头像又闪了。

他说："你可真是个小机灵鬼儿。"

在我用各种语气读了 N 遍后，心情更加复杂了。

part2

下午上完课出来的时候，我的肚子已经在抗议了。

可是出了门就收到了纪佑安的消息，他让我去图书馆。我简直怀疑他是算计好的，不然怎么卡点卡得这么准。

傍晚的图书馆似乎特别忙，大部分同学都完成了一天的学习课程，有的来复习，有的来预习，还有的补充课外知识，还有一些小情侣，成双结对地进进出出。

时代不同了，高中时代耽误了一大批优秀青年发展恋爱期，到了大学就好像一头头脱了缰的哈士奇，看异性的眼睛冒着悠悠蓝光。

在还没有正式升入大学的那个暑假，我爸就找到我就这件事进行了深刻的探讨。

他表示，到了大学一定要稳住，女孩子要矜持为好，但又不能太稳，好马抢手，我不下手别人会夺走。

我当时还对我爸这番话进行了大胆假设，想来想去最后发现我有张梓迅了。

谁能想到后来就那么轻易地分手了呢？

图书馆上空，湛蓝的天空逐渐隐去，暮色忽至，日头半遮面，藏在远处的风里、云间、山头。参差不齐的树梢像是一扇绿色的屏风，漏出一片灿烂的橙红。

望着暮日，我踩着图书馆门前的水泥台阶，一步步向上。总觉得我向前一步，太阳也落下一瞬似的。

　　我一边琢磨着，不知不觉已经迈上了最后一个台阶，突然消失的惯性让我觉得不适应，瞬间拉回了神思。

　　图书馆的门口站着一位男同学，他目光里并没有被英语考级摧残过的痕迹，初步判定这是一位长得不错的学弟。

　　我注意到他不仅仅是因为他长得好看，关键是，他挡住了我进门的路。

　　我多看了他几眼，正准备从侧面进去，他突然叫住了我。

　　"学姐。"

　　果然是个学弟呢。

　　在完全确定他是在叫我后，我在脑子里迅速搜索了自己的人际交往关系，找来找去也没有关于他的信息。我问："怎么了？"

　　他的表情突然变得忸怩，我有种不祥的预感。

　　"学姐，我注意你很久了。我觉得你挺不错的，你看我怎么样……"

　　我愣住。

　　现在的学弟学妹表个白都这么生猛了吗？我的神经线跟不上他们的速度啊。

　　不过说起来，第一次被陌生人表白还有点紧张，因为怕他突然告诉我：对不起，认错人了。

　　为了不让这种悲剧有机会发生，我赶紧拒绝他。

　　我说："真不好意思啊学弟，我有喜欢的人了。要不你再考虑一下

别的学姐？”

　　本着他有眼光的想法，我打算卖他个人情，再给他介绍个学姐学妹什么的，哪知道我刚刚的话还没捂热乎，他就直接表态：“不行，我就喜欢你。”

　　我觉得像他们这个时期的学弟学妹，都会有这种“非你不可”的错觉，我过去也有过，就像是吃了猪油蒙了心，现在不也还好好活着吗？

　　所以，我借口还有事，结束了这场莫名而来的桃花运，我相信过不了多久，他就能把这事忘得一干二净的。

　　被人表白也算是对个人的肯定，于是经过了这场小波澜后的我心情大好，哼着小曲“噔噔噔”地爬到二楼。

　　站在图书馆二楼的入口，我翘首找了半天也没找到纪佑安的身影，当然，他肯定不会放我鸽子。

　　我打开手机，问他在哪里，他回得倒是也快，说在我身后。

　　大概就是在那一瞬间，我的后背突然凉了凉，转过头就看见纪佑安面无表情地望着我。

　　我不知道哪根筋搭错了，问道：“你怎么了？”

　　他没理我，直接进去找地方坐下。

　　我费解地挠挠头。

　　他直接把四级试题扔在了桌子上，声音不大，可听在我耳朵里却委实让我一颤。

　　我站在桌前，书才拿出来一半，望过去的时候，正好和他对视上，眼神凌厉，有点吓人。

我急忙坐下，拿过试题来，谁知道动作过快，"哐"的一声把书包碰到了地上，紧接着，下意识地低头去捡，哪知道桌上那本试卷又被胳膊蹭下来，正好扣在脸上。

当时我心里突然涌上来好几个词，好像都没有办法表达此时的狼狈——并非肉眼直击的场景，是狼狈不堪的心情。

我赶紧收拾好东西，纪佑安什么都没说，我也就不再多说话，专心研磨那堆试题。

和纪佑安在一起，我才了解什么是真正的学习氛围。他平时读书学习时，一句话都没有，甚至连看都不多看别人一眼，倒是搞得我像个图谋不轨的女流氓，总是动不动就盯着人家左看看右瞧瞧。

然而这次不同，我一张卷子还没刷完，纪佑安突然说话了，他问："刚刚在门口和你说话那人是谁？"

我好不容易把思维从英语卷子里拉出来，又被他这没头没脑的问题问得一愣。

他皱起眉头，用笔头戳了戳桌面："别给我装傻。"

他要是不问我真的都快忘了。人的大脑每天都在不同环境不同角色里转换着，哪有时间去记住那么多零星琐碎的事情，我没多想，随口回答他是学弟，他突然又问我："是新认识的吗？"

我纳罕道："您今天没事吧？怎么关心起小的来了？"

"学弟单纯，学姐老辣。"

既然这么说，那我也就不要什么脸了。

我咬着笔头，胡乱翻了几页试卷，故意吊儿郎当地说："学弟还小。

我要骗也要骗您这样的，那才有挑战性。"

他挑了挑眉毛，咬牙道："那就看你行不行了。"

纪佑安翻了一页书，眼睛却一直在与我对视，那种目光很复杂，但分明是在挑衅我。我十分不争气地收回目光，悻悻地低下头。

我本想装个女流氓逗逗他，哪知道偷鸡不成蚀把米，倒是自己脸红得厉害。

果然，人要是长得太好看，不管他做什么，都像是在撩人。

周五下午，英语社团例行会议，主要讲讲这段时间学习英语遇到的困难、对语法的新研究、口语交际上的新难点等等，总之就是有关英语的各种讨论。

每当这时候我又成了一个被世界抛弃的孩子，我对英语没什么研究，我加入社团的最大愿望就是可以考过四级，但至今这个愿望还没有实现。

听也听不懂，讲也不会讲。于是，周五例会就成了我睡觉开小差的必然时间点。

我曾经也想过要好好努力，一丝不苟，兢兢业业，不过那都是刚刚加入社团时候的想法了，我对于新鲜事物总是怀着满满的激情和信心，可这种建在特殊环境里的目标经不起挫折，那些慷慨激昂的话也会随着新鲜感逐渐流逝掉。

不过纪佑安这一次布置的任务我却听得一清二楚。

以我为代表的消极社员最近越来越消极，为了调动大家的积极性，只能以毒攻毒。

本次要求我们在一周的时间内，学会一首难度中等的英文歌，下周五例会时间进行展示。

唱歌？真是要了我的命了。

还记得前几年随着穿越剧火了一首叫《爱的供养》的歌，那时候我还在读初中，班内选拔艺体节节目，我自告奋勇，根据脑海中的印象将整首歌唱完。

老师说，歌词也是选拔的关键点之一，让所有唱歌表演的交上一份歌词，于是，凭印象的我是这么写的：请赐予我如现爱与肺癌的力量……

结果班主任当着全班的面读了出来，同学们雷鸣般的笑声至今像这句歌词一样，一直萦绕着我，是我歌唱路上永远无法抹去的阴影。

平时瞎哼哼几句也就算了，正式唱歌连想都不敢想，更别说，是令人头大的英文歌。

会议结束，大家陆续散场。我坐在桌前，久久没办法从新烦恼里自拔。

part3

纪佑安应该看到了我的烦闷，趁我失神，他不知道什么时候隔着会议桌坐到了我对面。

大概相处久了，就好像他肚子里的蛔虫一样，我知道他想说什么，也猜得到他想问什么。

我站起来，不愿抬头看他，急忙收好东西起身，出于礼貌，说了句：

"我还有事，先走了。"

还没走出去，他就叫住了我，让我站住。

我想你最起码等我走出去几步再喊啊，不然显得我的"转身就走"多么不真实。

可我还是没骨气地站住了。

他说："开会的时候就注意到你了，不高兴？"

我摇头。

"对我说的话有意见？"

可不敢可不敢。我仍然摇头。

他皱眉，语气也变了调。

"说话！"

吓掉的我直接脱口而出："我不会唱歌。"

他突然笑了。

纪佑安笑的时候，嘴角边还有两个浅浅的梨窝，煞是好看，我总想着这笑容得藏起来，不然多少女孩得遭殃。这种殃还是我一个人承担好了。

"你笑什么？"我诧异。

"第一次听说有人不会唱歌。"

"我真不行。"

"你不试怎么知道？"

我不想就唱歌的话题再和他争论下去了，万一他让我现场唱一段，那我是跑还是哭？

顺藤摸瓜，我跟着他刚刚的话题往下走："好，那我回去试试，我真有事，先走了。"

抱着书走出社团，我深呼吸了一口新鲜空气，却总觉得背后有什么东西，回头的时候，四五个女生已经扑了过来。

她们紧紧抱在一起，中间都可以夹死好几只苍蝇，我暗暗拍着自己的胸脯，庆幸刚刚行动敏捷躲了出来，没有被她们抱在中间，不然现在就可以在锅里烙上了。

我对这几个女孩子只是稍微有点印象，虽然同在一个英语社，抬头不见低头见，但很多时候，女孩子的注意力都集中在情敌或帅哥身上，最容易忽略的就是那些细微的平凡。

不巧的是，我也是这平凡中的一个，她们问我的第一句是："你就是明书芮吧？"

经过上次爬山事件，我一直以为自己已经声名远扬，没想到现实总是给我致命一击，仿佛于无形之中看到一把刀插在了胸口。

我硬挤出笑容来："是我是我。"

这时候一个熟悉的脸凑过来，笑得甜美，我却总觉得毛骨悚然的似曾相识，心里正反复琢磨着，这时候她开口叫我"学姐"，我一下子就缓了过来。

这不洛颖吗？酒店里遇见爱情的学妹？

"真巧啊，"我说，"你也加入英语社了吗？"

她表情略微凝固。

"没有，纪社长他……"洛颖顿了顿，"他说怕我口语测试把舌头

系起来，就没让我参加最后的测试。"

我拍了拍她的肩膀，在即将笑出声前表达最后的敬意。

出于失败者寻求安慰的心理，我又问她："你英语四级过了吗？"

她摇头。

太好了！我暗自在心中自我麻醉，终于，这个世界上不是我一个人在泥沼里摸爬滚打了。

洛颖又说："学姐，我刚上大一，还没考呢。"

……

行行行，我认命还不行吗？

她表示自己大老远屁颠屁颠跑过来，本打算看一眼纪佑安，哪知道开完会他迟迟不出来，想知道他刚刚都和我说什么了？

最后一句才是重点。

旁边的同学皆放出渴望又好奇的目光，这些如狼似虎的眼神吓回了我到嘴边的话，说出来是这样的："英文歌考核的安排。"

有人问："就这个？"

我说："嗯，就这个。"

如果我没看错，她们眼里突然多了好多失望。

她们人多，我害怕，于是随便找了个借口赶紧溜掉了。

回去我就把这事对林小徐讲了，林小徐不知道吃错了什么药，对着空气拳打脚踢，嘴里还哼哼着："尿什么尿，你还是不是个中国人！为了你的爱情！冲啊！"

我当她是犯了什么肥宅中二病，旁边蒋秀米一语道出真相："她最近在看抗日神剧。"

了解。

电脑上社交账号的提示音响个不停，我点开第一条，是社团的群消息。南可轶开会时候还好好的，现在又突然公开表示对唱英文歌的反对。

这不是公开反驳纪佑安吗？我暗暗琢磨了许久，十分小人之心地认为，这是她引起纪社长注意的一种新鲜方式。

群里支持南可轶的人很多，也包括那些说得一口漂亮英语的人，长得好看就是有优势啊，随便装个可怜就赢得大批人前赴后继的心疼。

若是换作我，估计早就因为影响公共艺术接受批判了。

谁说丑人多作怪？丑人才不敢作怪。

我打开下一个窗口，是纪渊发来的文档，题目叫《霸道总裁与他的女人》，我惊得险些把鼠标扔出去。打开文档一看才知道，原来是语法重点汇总。

他问："惊不惊喜？意不意外？特不特别？"

我："……"

纪渊："我也是为了吸引学员看题，别太佩服我。"

我求今天晚上食堂阿姨做的饭不要太好吃，我怕吐得太多。

和纪渊简单聊了几句，我准备看书学习了，他又突然问我："你今天不开心？"

我不是一个喜欢把个人情绪表现出来的人，即使有什么想不开的，也只会压在心底。一直以来我没怎么把负面情绪传染给他人。可今天

学长,
你不打算
告白吗

已经有两个人都在问我是不是不开心了。

纪渊与纪佑安不一样。

说得形象一点，如果用两种画来形容，那么纪佑安就是蒙娜丽莎，纪渊就是随手作的简笔画。

我一个俗透了的人，欣赏名画当然需要循序渐进，当即吃得最透的还是简笔画。

他问我为什么不开心，我也就实话实说，并且将当年留下阴影的事件也阐述了一遍。他听完后，对我的创造力表达了赞许。

过分了哦。

"你怎么连唱个歌都不会？"纪渊说，"三十块钱，一星期，包教包会。"

我飞快地打字："成交！"

他半天才回复我，像是后悔了一样，犹犹豫豫道："早知道要五十块了。"

我说那你也得值这个价。

纪渊："不值十倍赔偿。"

算了一笔账后，我犹豫着要不要故作学不会，毕竟三十块的十倍是三百块。

这时候，他又发过来一行字："哎哎哎，兄弟，人工破坏的可不算啊。"

我正准备回复他，突然被什么东西捅了一下，是根竹竿。寻竿望去，看到林小徐那副贼兮兮的模样。

我满脸嫌弃："你又吃错什么药了？"

她阴阳怪气，挑挑眉唱："我嘴里面嚼的是大大泡泡糖，心里面想的是那个大社长……"

"……"

什么玩意？

林小徐问："和谁聊天呀，笑得牙龈都露出来了。"

这不是找死这是什么？

话说着，我一把夺过她所谓的"尚方宝剑"——挂蚊帐的竹竿，捅了捅下铺的蒋秀米："麻烦菩萨，把这妖怪给我收了！"

"好嘞！"

part4

隔壁床上，蒋秀米和林小徐早已经扭作一团。

赵玥宁刚进门便退了出去，抬头看了宿舍号这才放心走进来，估计她宁愿走错了地方，也不愿意看见打斗到满地狼藉的样子。

我切换到私人账号，没想到先亮起来的是洛颖的头像，好奇心使我急忙点开。她说："明学姐，听说南可轶南学姐五音不全哦。这次你要加把劲，一定会赢过她！"

我问她你怎么知道的？她表示这个大千世界上芸芸众生就没有她不知道的事情。

出于礼貌，我回复了"佩服"二字。

洛颖又问："明学姐，你是不是暗恋纪学长啊？"

大概是因为心事被毫无准备地戳中，我急忙慌张否认，那种莫名

的羞怯，让我想起过去的纯纯年代，少女们听到"爱情"两个字都会红透了脸。

洛颖道："不应该吧，我觉得我不会看走眼的。对了，今天纪社长和你都说什么了？你知道我对什么都好奇，那时候我在老家长大，有很多……"

后面那些无关紧要的话不听也罢，我问她，怎么对我们英语社的事情如此了解。洛颖表示自己关注英语社已久，而且还特别希望我能够碾压南可轶，成为英语社一姐。

巧了，这也是我所希望的，可是它希望了这么久，也仅仅只是个希望而已。

一想到自己定下的诸多目标还没实现，我也就没心思再和她闲聊下去。

这时候，纪佑安突然发消息问我："你吃饭了吗？"

盯着电脑屏幕，我愣了几秒钟。

看着末尾那个问号，我也想问问他是不是吃错药了，怎么关心起我的死活，除了瘆人，我也想不出其他两个字来形容了。

我连打个字都是颤颤巍巍的。

"社长，您吃了吗？"

"没有。"

他没吃饭，那我接下来该说什么才能缓解目前的尴尬。

请他吃饭？

不不不，他一定会让我背单词的。

隔着屏幕聊天时互相看不见表情，这也让我越发大胆，反正睡一觉明天起来装作什么都不知道就好了。

一番深思熟虑后，我试探性地问他："社长，没有人请您吃饭吗？"

提示音响起来，我赶紧点开。

纪佑安说："这不等你吗？"

我差点把一杯水泼在屏幕上。没法想象，平时连笑容都很吝啬的纪社长说这话时是什么模样，本来想借机调侃他一下，哪知道他再次语出惊人，这话我实在没办法接下去，于是回了一串省略号。

紧接着，他又问我："你觉得最近社团里的学习氛围怎么样？"

我看着屏幕上的字，别扭了好久才把自己从刚刚的话题里拉回来，纪佑安的跳跃思维太强，只可惜我跟不上他的速度。

林小徐也曾经为我们忧心过，说是什么假如我俩在一起，估计我还没从新婚中走出来，纪佑安已经安排好孩子要上幼儿园了。

我一直对她说的这事耿耿于怀，虽然有百分之八十的可能不会成为现实，但我还是不愿意承认自己智商"感人"。

纪佑安说："我怎么总觉得你最近心不在焉的？"

他这么一说我有点慌了，毕竟也是我心中奉为白月光的人物，他可别认为我有什么解不开的心理问题，多影响我目前的个人形象啊。

然而转念一想，我人生中最大的败笔都在他面前暴露了，我还有什么形象可言？

我表示，最近太用功了，背单词背到半夜，所以白天没精神。

纪佑安："晚上效率不高，晚上十点之后人的大脑逐渐进入休息状

态，你把那么多精力用在深夜，不仅记不住东西，还影响第二天的正常状态，得不偿失。给我早点睡觉。"

我读完他的消息，满脑子里都是最后那句"给我早点睡觉"，我尝试想象了好多种他说这话时候的样子，秀眉微蹙，啧啧，真好。

不知道为什么，当天晚上，因为他这句话，正常作息的我反而睡不着了，在床上翻来覆去。

第二天去上课的时候很明显多了两枚黑眼圈，是我用再多眼霜和粉底也遮不住的黑。

结果不巧的是，文学院的一亩三分地有限，和纪佑安抬头不见低头就看见了。我看见他的时候，他正和其他学院的同学交流着什么。

他们之间用的专业术语和客套话，就好像让我看《新闻联播》一样无趣，几乎每次听完我都能成功获得一整晚的安睡。

我本想着浑水摸鱼，反正他忙着也看不到我，哪知道前脚刚从他身边迈过去，后脚就被他叫住了。

"明书芮同学，麻烦你等一下。"

都点名了，跑是跑不掉。我只好硬着头皮站在一边，以微笑陪伴着他们把话说完。

最后就听见里面有人说谢谢纪学长，纪佑安就一直在说不客气。瞎客套了一会儿，人都走了，总算是轮到了我。

纪佑安一双锐利的眼睛上下打量了我一番，大概在确认了我真的是一个人后，才开口说话。

"看来你昨天还是没早睡。"

这样没头没脑地突然蹦出一句话，我都不知道该接什么，于是，继续沉默。

我这人对着电脑的时候就像是打了鸡血，什么都敢问，对着真人的时候就彻底成了蔫掉的茄子。

他说："走吧，去图书馆。"

我不知道为什么，他会主动提出带我去图书馆，也不知道自己为什么跟他走。也许是人格魅力使然，我总觉得在他旁边既安心又不安。

我望着他侧脸的轮廓，总觉得我们之间缺少的东西太多太多，相差万里，或许，他是我永远都追逐不上的山顶。可是啊，有个东西一直在我心里蠢蠢欲动，我怕它存在的时间太短，来不及深切拥抱，就丢失于青春的洪波里。我怕它存在的时间太长，还没说出口，就被他相忘于江湖。

图书馆门前立了几个广告牌，我停下来看了几眼。

本周末，晚上六点，本校优秀毕业生——知名作家达彬来做演讲，地点在活动大厅。

演讲的主题：千帆皆不是，众里唯予你。

这时候纪佑安从里面走了出来，叫我快走，背单词了。

我扁扁嘴，对其严厉的指导表达不满。然而，这样的生活，又能持续多久呢？

我又暗自庆幸，纪佑安肯在我身上下功夫，这样在他的记忆里，我一定占有一席之地。

第五章

跑 到 银 河 系 的 调

part1

被压迫的日子总是过得很慢。

我总算是通过了纪佑安魔鬼补习的认可，然而很快又要进行英文曲目考核，纪渊倒是每天晚上都帮我指出发音等不足，奈何当时身在曹营心在汉，纪佑安那关不过，我就像是焦灼的蚂蚁，难以分心去学别的东西。

魔鬼补习刚结束，我掰着指头算了算日子，泪眼汪汪。

我给纪渊发了一个大哭的表情，哀求道："纪老师，马上就要开始考核了，求您争取让我死得漂亮一点。"

下午四点，他没回我的消息，我猜这时候他应该在备课，便去四级交流群里逛了逛。

这个交流群，让我印象最深刻的就是有个 ID 叫竹一一的学员，好像是纪渊上一季度带出来的学习明星，还拿了奖学金和什么奖项，总之听起来很厉害。

对于厉害的人，我都是怀着几分敬佩的，要知道，一个人的成就绝不是凭空捏造来的，那是需要不懈努力才能达到的彼岸。

今天群里聊得不多，我习惯性地往上翻了几条消息，好像看到了自己的名字。

【盛夏】：一一同学最近学得怎么样了？你可是学习明星啊，我得向你学习。

【谁的猕猴桃】：是啊，竹一一同学单词应该都背完了吧。

【竹一一】：你们说得我都快不好意思了，其实关键是老师教得好，我换老师了，估计下次就不能再当学习明星了。

【猩猩爬不动你背吗】：你以前的老师教的谁？

【竹一一】：明同学啊。

【谁的猕猴桃】：呀，那下一次会不会学习明星就是明同学了啊？

【盛夏】：哎呀，就算同一个老师，也得看教的是什么人啊。

【泗水】：说得对。

我的英语水平差大家有目共睹，成绩就公示在测评表上，赤裸裸地放在那里，丝毫没有让我遮一遮的机会。

不得不承认，他们的话还是有点道理的，也许我不应该小肚鸡肠，可任谁把这话听进心里都够难受的。

我连喝了几口水，希望暂时能压下这口气。哪知道怨气不减反增，只怪自己平时不努力，如今落得难堪。

我刚准备关电脑，好好地顺口气，这时私聊的提示音又响了，我瞄了一眼，顺手打开。

是"南风吟"，在学习网站认识的小伙伴，平时我俩聊得很投机，从英语语法到舍友，从世态万千到鸡毛蒜皮。时间久了，一有什么事情她就私聊我，搞得像现实生活中认识一样。

【南风吟】：明同学在吗？我找你有点事。

【我】：我在，你说。

【南风吟】：竹一一今天找我来着，说话绕着弯子，一开始问我你最近有没有学习，后来又问我，能不能给她说说你最近的糟糕事。

【我】：嗯？

【南风吟】：而且我听说她故意拉帮结伙排挤你。

世界上还有这种人？我半信半疑。

【我】：不会吧？你听谁说的？

【南风吟】：其实竹一一还建了个小群，最初打着好好学习的旗号，可是最近画风越来越不对，好像大家都在恭维竹一一。竹一一还在群里说，她以前的导师是你抢走的，心理不平衡。大家就对你……

【我】：我知道了。

【南风吟】：明同学，你不生气吗？

我看着她发过来的几行字，倒是不生气，就是替竹——觉得可惜。

先不说这事是真是假，她英语水平非常好，听说其他科成绩也不错，一个能力强的人才，会在背后戳人脊梁骨，真是可惜。

我借口说还有课程没听完，先不聊了。

南风吟好像有话还没说完，发了一个"囧"的表情，让我好好学习。

望着电脑屏幕上接连蹦出来的聊天弹窗，我也没心情再去关心别人发生了什么，生活好苦恼啊。

这时候宿舍门响了，赵玥宁抱着一捧玫瑰进门，我忍不住"哇"了一声，林小徐耳朵好使，立马从洗手间钻了出来。

"天哪，宁子，你这是开第二春了？"

赵玥宁白了她一眼："什么第二春？我第一春还没开呢好吗？"

话说着，她从床底下掏出来一个年代久远的花瓶，眉目含春地把那捧白玫瑰插了进去。

林小徐看得直咧嘴，胳膊搭在床栏上，冲我叹了口气。

"明同学，咱们宿舍都收获爱情了，你什么时候给我们好消息啊？"

单身狗莫名中枪。

我茫然地抬头，一时间竟无语凝噎。

这时候，赵玥宁突然接过话去："我们明同学和纪社长还不是早晚的事，要我说，你赶紧迈出去那一步得了，捅破了窗户纸，说不定就在一起了。"

你看，她说的是"说不定"，而不是"肯定"。要是有人问我，男女之间到底有没有纯洁的友情，我一定会说有。一个装糊涂到底，或

学长,
你不打算
告白吗

者一个打死不说。中间隔的那层纱太朦胧，后面藏的可能是姹紫嫣红的花园，也可能是深不见底的深渊。

林小徐没再说话，赵玥宁在收拾东西，整个宿舍就差蒋秀米没有回来，不知道为什么，我总是替她担忧。

然而，就当我打算开始听课时，林小徐突然问："单身两年以上是什么体验？"

我默默地对号入座："单身二十年，不知道你说的是哪两年？"

林小徐："哪有二十年？你不还有过张梓迅？"

差点忘了还有这号人物，我看了她一眼，本来打算谢谢她提醒，不知道为什么，她灰溜溜地走开了。

我一摸鼠标，电脑屏幕亮了，上面是来自纪渊的对话框。

【纪渊】：向您发送文件《音频文件：For me to stay》。

【纪渊】：亲，要好好听哦，仔细听认真听哦，包括每个音调都要准确地模仿出来哦。

没错，是模仿。像我这种音乐细胞为零的人，要想学会一首歌，只能靠模仿。

我非常感谢他能教我，不管最后能不能让纪社长眼前一亮，我都得谢谢他。毕竟谁的时间也不是白来的，现在像他这样的好人不多了。

但是，纪渊发来的音频里，他的声音总是怪怪的，像是用了变声器，硬是给娘娘腔配了一个中年大叔的声音，那种沧桑感总容易让我跳戏。

听完第三遍之后，我实在是受不了了，问他可不可以给我原版，他对此的回应是：学不会还来挑导师的毛病了？

纪渊说话有时候和纪佑安颇像，我有时候会把他们两个混在一起，如果不是我亲自选的纪渊，我真的会以为他们两个是同一个人。

　　上次他问我有什么其他的兴趣爱好，我想了想，和纪佑安学英语的时候我比较兴奋，但总不能说和社长一起学英语啊，我瞥了一眼林小徐的电脑，随口胡诌，说喜欢潜水。

　　他表示太好了，他也喜欢这个，每当潜入水底的时候，他都能听到自己的心跳声，感觉和自己生命的源头很近，又离死亡近在咫尺。

　　可我说的是在聊天群里潜水啊。

　　蒋秀米回来的时候，已经是晚上十一点。

　　林小徐她们具有标准的老年人作息，十一点之前必须入眠，而好不容易有了休息时间的我，趁着这个机会猫在被窝里看小说。

　　本以为《校花与渣男男友》的故事已经完结了，老天不忍心让我学习太用功，于是安排了一本"校花"第二部出世，我沉迷于剧情中，夜不能寐。

　　蒋秀米回来时没有太大的声音，不知道是不是我看得太投入，她进门后我才意识到有人来了，突然又联想到恐怖片，吓得自己连着打了好几个颤。

　　自作孽不可活啊。

　　蒋秀米上床睡觉之后，很快就传来了啜泣声，我一骨碌爬起来，正好和她对视个正着。

　　"你怎么了？"我压低声音问她。

　　黑暗中，我看不清她的神情，只见她伸手抹了把眼泪，低声说："我

没事。"

part 2

周五到了，英文歌唱考核也来了。

我早早地去了社团会议室，希望能趁着没人稍微熟悉一下场景的切换。以前都是在宿舍里对着舍友和电脑唱，后来怕打扰人家，跑到了宿舍后面的小树林。

纪渊总说我音调就着饭一起吃了，甚至还夸我："恭喜你，你都会抢唱了！"我不甘心，于是经常一个人在小树林偷偷练习发音，为此，保安大叔可能怀疑有人故意在宿舍后念咒，拿着手电筒追了我十条街。多亏我平时勤锻炼，现在腿脚快，不然就因为干扰校园和谐被依法办理了。

站在台上，我试着唱了两遍，感觉有些音的起伏还是处理不好，我清了清嗓子，准备唱下一遍。

可第一个"I"还没来得及发音，便突然听见有人在后面咳了两声，吓得我差点被自己的口水呛过去。

转过身一看，不是什么外人，是纪佑安。然而我内心顿时百感交集：那也就是说，刚刚我唱的那几遍他都听到了？

如果现在有够大的地缝，我一定先钻进去。

在纪社长面前，我的形象原本就模模糊糊的，现在看来，应该是彻底没什么形象了。

我说："真巧啊纪社长，您在这儿怎么不发出个声音来？"

他表示，本来我唱得太难听是想赶我走的，可是后来又想挑战一下自己，就让我多待了几分钟。

　　真是要了命了。

　　我努力把这件事忘掉，看他手里拿着试卷，便问："这是我们下次测试的试题吗？"

　　他没回答我，反问道："要不要给你透个题？"

　　我不由得睁大了眼睛，幸福来得太突然，一时间差点热泪盈眶。

　　"真的可以吗？"

　　他把那沓试卷卷起来，敲了敲我的头，皱眉："不好好努力，每天都想什么呢？"

　　还不是每天都在想你。

　　话虽然在心里没说出来，但是脸颊莫名开始发烫，我不敢直接抬头看他，只好悄悄地瞥几眼。奇怪的是也不知道笑点在哪里，纪佑安突然就笑了。

　　等等，他笑了！

　　我猛然抬头，可那时他早已经把笑容收了回去，一本正经地望着我。

　　林小徐还总是说什么要大胆一点，有激情一点，我猜，她肯定没见过我和纪佑安对视时的囧样。

　　纪佑安直接坐到旁边的位置上，没搭理我，他低头看了看表，一边翻书一边说道："你还有最多十分钟的时间可以练习，我允许你打扰我。"

　　我："……"

您坐在这里我怎么拉下脸练习啊?

正当我挣扎到底要不要唱的时候,南可轶来了。

开门关门的声音在空荡冷清的屋子里格外清晰,我抬头望过去,她正好抱着一摞书进了门,当她看到屋子里只有我们两个人时,很明显地愣了愣。

南可轶目光转了一圈,最终停留在了我这里,语气冷冷道:"门外有人找你。"

我还以为自己听错了,反指着自己等待确认,哪知道人家压根没再搭理我,直接坐到纪佑安旁边去了。

难得我有了自知之明,没再热脸去贴冷屁股,自己跑到门外看了看,连个人影都没有。考虑到南可轶不会用这么 low 的手段让我难堪,我就又找了一圈,还是没人。

算了,既然没人就回去吧。

哪知道刚转身,背后就传来一声震耳欲聋的"学姐",成功把我吓了一个哆嗦。

我当是谁,原来是上次那位学弟。

几天不见,学弟皮肤更好了,看起来更秀气了。

大概他年轻,新陈代谢快,这比女孩子还要好的气色着实令人羡慕。

我瞥了一眼身后的教室,急忙把他提溜到了一边。

"哎哎哎……"他似乎觉得我莫名其妙,站定后,问我,"你怎么了学姐?"

"啊?没事……没事。"我赶紧转移话题,"是你找我吗?"

他脸上的惊讶立马融成了温暖的笑意，低下头看着什么。我顺着他的目光望过去，自己的手还拉着他的手腕，立马像触电一样缩回来。

　　"不好意思。"我躲避着他的眼神，那种专属于稚气大男孩的温柔足以让人动容，可不知道为什么，我却总有种背叛纪佑安的罪恶感。短暂的几秒钟里，我又意识到这种罪恶感只是自己一厢情愿的主观臆想罢了，离真正意义上的背叛还隔着千山万水的距离。

　　他说："学姐，你考虑得怎么样了？"

　　这时候装傻已经不管用了，我只想速战速决："对不起啊学弟，我觉得对于目前的我来说还是学习重要。你可以去……"

　　"一丁点希望都不给吗？"

　　我没听清他说什么，茫然道："啊？"

　　他眸光里满是急躁："学姐，我是真心的。你别以为我是在和你开玩笑。你一丁点希望都不留给我吗？"

　　这次听清了。

　　我叹了口气："不是我不留给你，是我不想浪费你的时间。大学四年说长也长，说短也短。我只是希望你把时间都放在有用的地方，而不是我。"话说着，我感受到对方眼里的失落，他站在原地沉默了很久，我不想再耗下去，便道了句还有急事先走了。

　　刚转过身，他却猛然把我拽住，在毫无防备的情况下，我险些栽在他怀里。

　　"学姐……你的肌肉线好明显……"

　　这话让我突突跳的额头顿时安分了下去，赶紧撤回了自己的手。

他实在抓得太用力了，衣袖紧贴在身上，不慎露出了壮实的肱二头肌。

我本以为这下对方该死心了，哪知道他突然道："学姐，你的肌肉好性感哦……"

如果现在有水，我一定喷他脸上。

他又问："学姐，你到底喜欢什么样的男孩子？"

我想了想，如果想让人彻彻底底死心，那就找一个他相差甚远的目标。思量了一圈，我觉得纪佑安正合适，这时候也不知道自己哪里来了死猪不怕开水烫的勇气，大胆回答："其实纪社长就挺不错的。"

语毕，我没再理会他，甚至都没抬头看他的表情，直接转身回了社团。

长大后我们会发现，很多事情根本不是自己能掌控的。譬如爱情，不像商品，只要自己喜欢就可以买得到。明明你可以为他付出一切，却因为对方另有所欢，难以收获圆满。因为他不喜欢你，所以你喜欢也没用。

出去个十分钟，社团的人也到得差不多了。在纪佑安严格的管理下，谁也不敢迟到，目测再有个五分钟全员到齐，可以凑八桌麻将了。

今日歌唱考核先后顺序采取随机抽签的方式，装着排序号的箱子摆在会议桌的正前方，南可轶笑容可掬道："大家都来抽个顺序号码吧。"

我心说这女人变脸可真快，刚刚还是一副要生吞了我的样子。然而转念一想，又觉得她对这次的比赛胸有成竹。我本来就不怎么成型的自信再次逐渐散去。

趁着它还没有完全灰飞烟灭，我暗暗为自己加把劲，拿出手机，看了看纪渊平时给我的鼓励。

"亲亲，你可不是笨呢，你是我见过最努力的学员。"

"一定要好好学啊，一定可以打败她们。"

"别害怕别人的嘲笑，不害怕才能变强大。"

对，我是明书芮，不能轻易就退缩。

我望向角落里的纪佑安，他今天的外套是浅蓝色的，像风和日丽时的天空，像景物画上最清新脱俗的一笔，碎发散落在额前，半遮住了认真看材料的眼睛。

他坐在那里，不说话，却穿透出青春里独一无二的美好，无与伦比，炽热动容。

那么，加油，明书芮！

part 3

我抽到的是 18 号，算是在中间的号码。

抽完签刚回来，屁股还没重新把凳子坐热呢，后面就有人大力拍我的肩膀，那力气把我的胳膊卸下来都没问题。

忍住了破口大骂的冲动，我回头一看，居然是林小徐，她挑挑眉，贼兮兮地望着我。

出于礼尚往来，我回拍了她一下，又惊又喜道："你怎么来了？社团现在让随便进了？"话说着，我瞟了一眼纪佑安。

"当然不能！"林小徐努努嘴，示意不远处，"你们家纪社长不同意谁敢来啊？还好有你这个内人，套关系就进来喽！"

学长，
你不打算
告白吗

听完她的解释，我头皮直发麻。套关系？什么关系？这家伙为了进门和纪佑安都说了什么？

不祥的预感涌上心头，我用胳膊顶了顶她："你说话注意点，什么你家的我家的。说得我都快信了。"

她干脆送了我一个白眼。

我位置旁边的同学就比较惨了，作为本次英文歌唱考核的首秀，她压力大地握住我的手，非让我鼓励她。

我和社团里的人都不是太熟，可出于礼貌，只好忍着手快要断了的疼痛感安慰她："你最棒，别怕。"

她说鼓励得不走心，抓得更紧了，还一个劲地说不行不行，自己害怕紧张什么的。我被逼得没办法了，只好又说："你看起来比我强很多，我这个跑调跑到外星的渣渣都不怕，你怕什么。"

她忽然就释然了，手劲轻了一点，不停地说谢谢，谢谢我的安慰。

我松了口气，哭笑不得地望向林小徐。林小徐见了，直接道："早死晚死都要死，留取丹心照汗青。这位同学，松手吧，你该上台了。"

终于，纵然有万般不情愿，她还是不得不上台开口唱。

因为紧张，她的脸涨得通红，连声音都在发抖，我本以为她是因为紧张而走的调，然而后半部分说唱，配乐声音小，画风突然尴尬起来。

台下倒是没有人点评，也没有人窃窃私语，仿佛大家都被这特别的唱腔雷到了。

一曲终于结束了，纪佑安说："这首歌对你来说难度有点大，下次重考的时候建议换首简单的，你可以唱《两只老虎》。好，下一个。"

2号是个男孩子，选了一首节奏很快的说唱，所以再加上英文，大家就都听不清他在唱什么了。

纪佑安问他是不是在和火星人联络，男孩子不好意思地挠挠头，这倒也没什么。

关键是后面有两位唱高音且入戏到无法自拔的，不知道是不是肺活量给他们的勇气，第一位唱到一半，林小徐拍了拍我的肩膀，大声问我："你还有卫生纸吗，我堵耳朵的纸不够了！"

用手堵耳朵的我只好摊手。

终于在结束之后，大家满怀期待地等来了纪佑安的点评，他只有一句话："还好我是睁开眼睛听你唱，不然还以为后面有300条狼追你。"

第二位高音，直接被他一句"麻烦下次唱问一下现场有没有患心脏病的"的话怼到眼眶含泪。

大家窃窃私语，互相探讨着今天谁惹纪社长了，怎么这么大火气？

林小徐表示这人今天确实有点不对劲，脾气突然间这么冲了，问我到底干什么了。

干什么？谁惹他了？我怎么知道？

不过这其中也不乏唱得好听的，声音或清透响亮，又或雄厚低沉，甚至与专业歌手可以媲美。悦耳的音乐会让人心情舒畅，我悄悄地瞥了几眼纪佑安，那表情仍旧不爽得跟别人抢了他老婆一样。

从已唱完的总体水平来看，我唱得还没有到那种"被狼追"的地步，怕就怕待会儿一紧张连调都忘了。

紧张起来时间过得很快，马上就到我了。在台下等待的时候，我

不断安慰自己说，纪佑安早就听过了，台下的人都是空气，别紧张，都是一个社团的谁没见过谁啊。

虽然话是这么说，道理是这么个道理，但我还是过不了心里那道坎，刚张口第一个音就唱错了，还好我把跑的调及时拉了回来。

一曲唱完，我也不记得自己唱的是什么了，只觉得头晕目眩，想马上坐回去。

纪佑安表情淡淡，对我同样也没有好态度，冷笑一声道："在唱这首歌的时间里，你的调已经绕着银河系跑了三个来回。"

台下一阵大笑，我不服，心里一团火烧上来，反击回去："那还不是您平时英语教得好？"

他的眼睛盯着我的脸，一动不动。我觉得浑身都不自在，又不敢抬头与他对视，只好蔫着回了座位。

南可轶是 25 号，同样是抒情曲目，总让人觉得她不是来感人的，而是来赶人的。

最后，由社长现场公布本次考核通过的名单，将近一半的成员都要重新考核，也包括南可轶。而我，却误打误撞地通过了，可能我的挫败终于让老天爷看不下去了，所以让我在英语上赢了一次。

如此可喜可贺的事情，当然免不了庆祝，于是当天晚上我拉着整个宿舍里的人去吃了大排档。

赵玥宁说："不错啊明书芮，万年铁公鸡会出血了。"

我拿筷子敲她，真是吃也堵不上她的嘴。

林小徐吃了没几口，笑嘻嘻地收拾东西准备走，说是田北正在学校门口等他，高中同学聚会，要带女朋友。

既然如此，好吧好吧，爱情伟大。

林小徐前脚刚走，蒋秀米却开始呜咽起来。我和赵玥宁问她怎么了，她说没事，然后一边往嘴里塞东西一边流泪。

我刚想上去劝她，赵玥宁却拉住了我。这么一闹，我也开始伤感起来。

你说，这场单相思到底什么时候能结束呢？

最后，这场聚餐以我和赵玥宁强行拉走蒋秀米为结束，回到宿舍，蒋秀米的情绪仍然没有平静下来。

谁也不知道她发生了什么事情，却谁都知道是因为什么。

我打开电脑，第一个亮起来的头像就是纪渊，他问我："亲亲，不知道你的考核过了没有呀？"

"过了，谢谢你。"

他似乎能够察觉到我情绪的跌宕起伏，过了一会儿，问道："为什么我感觉你不开心呢？"

我说没事，被舍友的感情问题闹的。

想了想，我又发过去一句话："纪老师，你有没有暗恋过一个人呢？"

"有啊。你有喜欢的人？"

"可我喜欢的人他一定不会喜欢我。"我忽然对他的事情充满了好奇，"那你喜欢的人也特别优秀吗？是那种我们努力跟也跟不上的吗？"

他没有立即回复我，我也没心思做其他的事情，干脆守在电脑前面干等。脑子里面却像自动放电影一样，而且将全部镜头都给了纪佑安。

每天总是不由自主地念他千万遍，甚至还会情不自禁地勾起嘴角。

纪渊回复我的时候，我在脑子里已经放完了纪佑安半个月来的喜怒哀乐，电脑提示音让人顿时从若有似无的情景中清醒过来，他说："她不优秀，可足以让我为她肝脑涂地。"

"那她一定很幸福吧，有你这样好的男朋友。"

"不，她不知道我喜欢她。"

一听这话我着急了："那你怎么不表白？"

"我在等一个合适的时机。"

什么时机合适呢？

毕竟是别人的感情，我没有再多问，只是祝他早日和喜欢的人在一起，这应该也是他自己所期望的吧。

纪渊："借你吉言。"

我："不客气。"

part 4

我本来没把竹一一的事情放在心上，哪知道她前几天在群里叫我，问我最近学得怎么样。

躲是躲不掉了，出于礼貌，我只好敷衍地回复她还可以。

她却说："你可得好好努力了，别弄坏了纪渊老师的名声。"

大家可都看着呢，是她先挑衅的。那时我刚做完一套试卷的选择题，正确率不到百分之四十。我一股子火气突然冲上来，把键盘敲得啪啪响："你放心吧，身为纪渊老师唯一的学员，我一定把他各方面都安排得明明白白的，不劳您费心。"

"看来明同学对自己很有信心呀。"

"还好，谁让我指导老师是纪渊呢。"

直戳痛处后，她好久都没有再说话，虽然没有见过面，但是隔着屏幕，我能想象到她气急败坏的样子。

她一句我一句，平时消息不断的群里顿时鸦雀无声，仿佛这场没有硝烟的战争里只剩我们两个人进行血腥的表演。

没过多久，有人冷不丁来一句："谁惹我们的竹一一女神生气啦？"

马上有人出来附和："是的哦，我们竹一一是仙女，仙女不要和胭脂俗粉一般见识啦！"

竹一一是群内封的仙女。

前段时间群内起哄爆照爆音，不知道为什么，大家的话题都很巧妙地放在了竹一一身上。最后，她百般为难地说："那好吧，我爆你们也爆。"于是，兴高采烈地甩出来一张精修图，并附字：丑照。

之后，大家伙"美女""女神""仙女"喊到了现在，时间久了，竹一一也答应得理所当然。

摄影专业的南风吟曾不止一次地表达过，现在的人眼睛都瞎了吗？PS 得头发都花了看不出来吗？

我当时对她没什么感觉，也就一笑置之。

群里支援竹一一的人越来越多，南风吟给我发了张她在小群泄私愤的截图，大概就是估摸了我的长相和能力，又按照个人想法百般曲解。

南风吟问："她把你搞成众矢之的了，你怎么办？"

我说我能怎么办，大不了以后互不干扰。

"可她背后还不一定怎么说你。"

"嘴长在她身上，我又不能犯法不是？"

"你心可真大，要是我，早就和她好好理论理论了，干吗这么看不起人。"

我发了一个笑脸。

其实我真犯不着对键盘撒气，她看不起我，不代表我就会失败；我不理她，也不代表我不在意。讲话的人长了一张嘴，倾听的人最好也有脑子。

林小徐从对面扔过来一个洗干净的梨，自来水水珠的清透与果香的馨甜融成定心丸，一口咬下去，顿时觉得心里没那么燥了。

我随身向后，仰在床上，重重地叹了口气。

嗯，总算舒服了。

林小徐见了，说我："小小年纪烦恼倒是不少。"

我有气无力地瞥她一眼："你懂什么？"

"我是不懂，"她咬了口梨，得意地说，"但是我家田北懂。"

"哟，这么快就你家我家的了。你可真廉价。"

她差点脱手而出把吃一半的梨扔过来。

"你再多说一句，我就让你看不到明天的太阳。不，是明天单身的纪佑安。"

我蒙了。我说："难道您趁着夜色还能给他娶个老婆？"

"那当然不能，不过我听田北说，他每天晚上都对着电脑聊得越来越久，你说他是不是真的有异地女朋友啊？就算你每天和他在一起，也没了解到社交软件上去吧？"

她把我说愣了。即使宿舍里新换了 5 瓦的 LED 灯，我却越发觉得恍惚，距离上一次出现这种模糊感已经是十几年前的事情了。

三年级，刚学英语，没超过一星期的时间，我的英语水平就已经差到让老师关注到我了。

其实主要是那堂课上，老师叫我起来翻译"How old are you"。

我心想，"how"是怎么的意思，"old"是老的意思，"are"代表是，"you"是你的意思。于是，我把单词凑起来，翻译成"怎么老是你"，被英语老师教育了一顿。

那时候我每天都要找英语老师背课文，偏偏亲爸亲妈还说："老师，您看着管教，实在不行就揍啊。"

我听后吓得瑟瑟发抖，哪里还敢偷半点懒。导致很长一段时间，我看见英文都有种晕晕乎乎的感觉，我称之为恍惚感。

后来，在我高中毕业的那年，听说这位英语老师患上了肠癌，距离我拿着花篮看她不超过一个月，就与世长辞了。

我常感慨世事无常，这一秒迎着朝阳在柏油路上奔跑，下一秒就可能躺在余晖的血泊中静止。

所以，既然很多事情都说不准，就算现在告诉我纪佑安有女朋友了，我也不会过于讶异，只是心像皮肤下破掉的毛细血管，不疼，也不舒服。

我关上电脑，社交账号切换成手机登录，躲在被窝里，什么也不想做，也不知道该做什么。

学长，
你不打算
告白吗

　　该做什么？给纪佑安打电话？那话题大概也是明天去不去图书馆补习。质问他为什么有女朋友还和我走得那么近？对不起，我怕听到他的声音时，会想起这场还没来得及开始就结束的爱情，忍不住哽咽。

　　这时候英语网站群里有一条新消息，纪渊应该是看完了聊天记录，说："好像大家的学习任务都太少了，我会和你们的导师商量商量的。"

　　紧接着，他放出了一张为我准备的题库文件名截图。

　　不仅群内一片哗然，我也挺哗然的……

　　"这么多？真的假的？"

　　"就是，凭明同学的能力，我看一套都做不完。"

　　还有人说："你当然护着你现在的学员了，可怜了我们家的竹——仙女了。"

　　纪渊表示："仙女还需要别人保护吗，我当然要护着我的人了。"

　　我总觉得，是那次关于情感问题的促膝长谈拉近了我和纪渊的关系。毕竟从那之后，他显得对我的事情比这个当事人还要认真。

　　偶尔我会自恋地想，是不是他喜欢上我了？可他说过有喜欢的人，所以以上猜想几乎等于零。

　　南风吟说，身为老学员的她，从没看见纪渊在群里发过言，也没听说过，他为了谁熬夜教英文歌，我还真是头一例。

　　真新鲜嘿！

　　我躺着也中枪的概率超过了自己的预估，群里有人艾特我。

　　"明同学，请你搞清楚你的立场，别以为叫纪渊来帮忙就得意扬扬，你知道我们竹——是谁吗？"

心情正在骂人的临界点。我掀起被子，猛然坐起来，咬牙切齿地打字："Love who who！"

我沉浸在自己的愤怒中好一会儿，听见赵玥宁喊我，这才拉回思绪。

她问我刚刚说的英文是什么，我重复了一遍。她英语水平也不怎么样，于是表示没听懂，要百度一下。

我刚想向其解释，纪渊却在群里艾特我。

"宝贝，'爱谁谁'英文翻译是'No matter who he is'。我帮你说了。"

宝贝！

虽然他拆我台，但是那句"宝贝"却让我心里猛地戳了一下，很是受用。

以前怎么没意识到，正经起来的纪渊老师这么撩？

按捺住自己怦怦跳的心脏，我的情绪开始了今夜的五味杂陈。

赵玥宁抱着电脑问："你刚刚那句话是你自己创的吧？"

"别瞎说！你真没学问！"我死鸭子嘴硬。

工作日的作息时间已经形成了规矩的生物钟，第二天早上睁开眼睛的时候，我已经忘记了昨天晚上是怎么睡着的。

第一节课是公共必修课，我收拾好东西，随便吃了点早饭，便急匆匆地往相隔十万八千里的教学楼跑。

公共课不仅仅有本专业的人，还有很多名义上的外人。

我可不想因为迟到而备受瞩目，成为当堂课的"焦点访谈"，所以在意识到还有不到十分钟就开课时，我拼命地在楼梯上跑，俨然已经忘了是灾难的生理期。

快跑必撞人,尤其是我这种四肢不协调的,用尽所有力气和对方一较高下,结果撞得我浑身肉疼。

我揉着肩膀,连忙道对不起。对方却帮我把地上的东西捡了起来——一片"姨妈巾"。

"谢谢谢谢谢谢……"我顺着他的胳膊,一边道谢一边抬头,结果正好对上纪佑安那张脸。

这哪有那么巧的事情啊!我心里顿时咆哮起来:天啊,生活玩我啊!

纪佑安仍旧像高岭之花般微笑着,他的笑容并不温柔,总带着高傲的痞气。他看似礼貌绅士地说:"不客气。"

话说完,他还想帮我捡。我脑子里闪过昨天晚上林小徐说的话,顿时清醒过来,低头懦声道:"还是我自己来吧,你别……"

话说着,来不及阻挡,他手长脚长,已经帮我捡起来夹在了怀里课本中。

我再次觉得恍然,一瞬间的近距离接触,他身上的味道传来,呼吸交替,突然感受到了对方的炽热气息,就像是一根羽毛拂过心尖,蹭得直痒痒。

不知道为什么,我感觉到自己脸上的温度"唰"一下就上来了,趁着他不注意,急忙往教室里跑。

第六章

多 巴 胺 的 神 秘 效 应

part 1

恋爱中的女人都有一个共性，那就是太把自己当回事。

根据古今中外的爱情经验总结来看，这种多巴胺的神秘效应只是某种特定条件下人与人的契合。当这种契合度逐渐失去的时候，也就到了说再见的时候，所以我不太理解那些失恋了就要死要活的人，为什么要把自己轻视到用别人的契合度来衡量呢？

虽然与张梓迅分手的时候，我也悲痛神伤了好长时间，但是从没像现在的蒋秀米一样，瘫在宿舍床上哭得要死要活。

事情是这样的，蒋秀米和她的富二代男友陈毅青梅竹马长大，自认为情比金坚。前段时间，陈毅总是莫名其妙对她发脾气，她还在他的车里发现了女孩子的口红。

陈毅对此不承认，蒋秀米睁一只眼闭一只眼，大哭一场也就过去。

可是没想到，这场感情就像镀着金的塑料板，看似坚不可摧，实则脆弱得很。

当对方提出分手的时候，蒋秀米甚至不敢相信这是真的，于是有了聚餐时的那场闹剧。而今，被感情折磨了一个多星期，蒋秀米被叫去与他现女友对峙的时候，她才知道原来是真分手。

陈毅早已经为自己打算好了接下来的事情，甚至从没有顾及过她的感受。用一块布来形容蒋秀米的话，那他就是掌控着银针的手，不留痕迹地将她千疮百孔。

我亲眼看着蒋秀米追着他的跑车，硬是穿过一条马路，不管周围司机的谩骂，也顾不得哭花的妆。

也许……也许我和张梓迅的感情没有他俩这么深刻吧，我能体会到分手的遗憾，却没法说与她的悲痛欲绝感同身受。

我不是她，我只能坐在床边，拍着她因痛哭而抽搐的后背。

蒋秀米忽然伸手，望过去的时候，她已经摸起了一把剪刀。我吓得神经紧绷，条件反射地起身猛地夺了过来。

"你干什么？"

她只一个劲地哭。

我说，这样的你在他眼里更不值钱，你傻不傻啊？

林小徐让赵玥宁把宿舍里的利器都收了起来，当天晚上，我们三个人听蒋秀米一边哭一边控诉陈毅的所作所为。

她说，他现在的女朋友找上门来，她甚至都不知道他们什么时候勾搭在一起的，就突然被告知要离开别人的男朋友。

我越听越生气，也不知道哪根筋搭错了，一口应下："真是过分，本来还以为他是什么正人君子！我改天一定要找他谈谈！"

林小徐难得有闲心鄙视我："你才不敢。"

小瞧我？我挑挑眉："走着瞧。"

不知道是不是大家都这样，我对自己的事情挺怂的，只能一味地忍着张梓迅的感情伤害。可是若是碰见亲近好友受到类似的对待，气得就不打一处来。

既然都已经决定离开了，又何必藕断丝连。

于是，一口应下的当天晚上，我便要到了陈毅的电话，并且捏着鼻子说自己是送预订券的餐厅服务员。

哪个高级餐厅服务员会上门亲自送券？八成是脑子有泡才会想出这样的烂马甲，然而，脑子里泡更多的陈毅居然信了。

他说："我在 solin 咖啡厅，方便你就送过来吧。"

"当然方便了陈先生，麻烦您等十分钟就好。"

尾随跟踪什么的，真是需要足够的心理准备。也许我天生长了一副好面孔，不适合干不正经的事儿，否则现在的心也不会敲得跟拨浪鼓一样。

地址已经知道了，万事俱备，只欠东风。

我把和陈毅打电话的内容录了音，发到了名为"狗仔队精英"的群里，我说："蒋秀米，我为你豁出去了。"

林小徐最先回复："有勇有谋啊明同学！"

"还不是受你激怒张梓迅的启发！"

"孺子可教也。"

我摸了摸鼻子，不知道为什么，林小徐这话总让我有种得了便宜还卖乖的感觉。

我拦了一辆出租车，对司机报了地址。

A市所有的出租车司机都像关不上的话匣子，只要你上车，他就能找到各种话题跟你聊个不停。

那司机是个中年人，看我一眼："姑娘，去那里约会吗？"

"单刀赴会。"

"哟，这是什么意思？有不安好心的人请你喝咖啡？"

"是我想一脚把他踹飞！"

司机可能觉得我有点缺心眼儿，也就没再接话。

没一会儿，他说："到了，一共是十元整。"

在进门之前，我先给自己鼓足勇气，要有大姐大的气质。于是，我从包里摸出来一张五十元钞票，往出租车座椅上一拍，说不用找了。

临下车前，我看了看司机的眼神，好，现在是彻底觉得我缺心眼儿了。

果然不出我所料，陈毅正坐在靠窗的位置与美女喝咖啡呢。

我一股气上来，拿着事先准备好的矿泉水冲了进去，泼在了陈毅脸上："你对得起蒋秀米吗！"

他整个人蒙住。

虽然飙的戏很狗血，但是够刺激！

后来他说单独聊聊，我们去了另一家咖啡厅。陈毅并没有否认他变心的事实，却没有另交新欢，所谓的女朋友是他表姐扮演的。他说自己也曾试着维持住这段感情，但蒋秀米的性格实在是多疑又黏人，不知道是环境改变了谁，总之他们俩没曾经单纯美好了，硬是拗在一起，不如趁早放手。

明明就是简短的几句话，可我不知道怎么对蒋秀米说了，回去之后，只好说他没有悔意，谈了也白谈。林小徐气鼓鼓的，不停地骂着渣男，活像一只叫起来的青蛙。

哪知道，蒋秀米这边还没放下，我的事情倒是发酵出来了。

第二天是个周末，我还没来得及享受悠闲自得的周日清晨，社团里与我交情还不错的社员就打来了电话。

我说今天社团没活动吧？

"你为了社团可真是鞠躬尽瘁，刚醒就念着它。哎，你出名了知道吗？"

我没听清，我问她你说啥？

她重复了一遍："你出名了，You are famous for a news."

"我不一直都很出名？"

"你可得了吧你，这次可是'豪车门'啊，快说说怎么回事？谁的凯迪拉克啊？"

学长，你不打算告白吗

什么？我转了转脑子，顿时听明白了，猛然从床上蹦了起来。

现如今的各种"门"可谓五花八门，应有尽有，而且只要沾上的，无一例外跟个人作风有关，我掏空了脑子也没想出自己作风有啥问题。

等等，凯迪拉克？那不陈毅的车吗？

这消息像是一盆冷水，把我从被窝中浇醒。我紧张起来，问她："你说的这个新闻在哪儿能看？"

"校园内网。"

"谢了，待会儿再回复你，我先挂了。"

我打开电脑，以最快的速度登录了网站。

还真是意外惊喜，我在学校内网里看到自己上了今日头条，题目是："香车美女，英语社明同学是这样的人！"

我大体浏览了一遍内容，不由得感慨真是精彩。把我说得跟红颜祸水似的，还得感谢他对我不贴切的赞美，还贴了我坐进豪车的照片，陈毅说说笑笑的，好不快活。

那是礼貌微笑好不好？

文章梗概是这样的，我和前男友分手没多久，就借社团的名义接近纪佑安，现在更是厉害，一边霸占着纪社长，一边还坐着富二代的豪车，和富二代有说有笑。

转发量达到了三千，众校友在评论上各显神通，各路网友意见层出不穷。

【网友A】："这照片能看出什么来，太片面了吧？我上次和明同学出去爬山，觉得她挺好的啊，说话温柔，做事小心。"

回复 1：这位老哥没听说过小心驶得万年船吗？

回复 2：看人不能看表面啊。

【网友 B】："嘤嘤嘤，为什么人家就能接近纪社长，就能有富二代有豪车，到底差的什么？"

回复 1：差脸。

回复 2：你有病，她没有。

【网友 C】："最讨厌这种水性杨花的女孩子了，真侮辱爱情这两个字！"

回复 1：爱情不屑于让她侮辱。

回复 2：疯子作傻子爱。

……

一大清早的意外惊喜啊！

我无语问苍天，关上电脑，正想躺下思量对策，谁知道一回头，正看见蒋秀米瞪着俩圆眼睛，她说："要不我出面帮你解决了吧？"

她现在自己的心情都捋不清呢。

我说："不用。"又在心里默念了一遍那个等级低的陌生 ID，咬牙切齿，"明同学会请他吃后悔套餐加强版。"

蒋秀米总算是挤出了个笑容。

我回过神来，才有点担忧，这东西要是被纪佑安看到了该怎么解释？

登录社交群，一看消息——好巧不巧，他昨天晚上去外地大学交流学习了，好几天才能回来，我松了口气。

学长，
你不打算
告白吗

part 2

大话只是说给蒋秀米听听的，我自始至终也没想出来什么解决问题的好办法。

学校里，开同款豪车的富二代多着呢。而且我觉得，大家都不敢得罪有钱人，所以统统将矛头指向了我。

学习压力大的话，可以去别处释放心情。可他们现在解压的方式实在让我无力吐槽。

夹着尾巴做人没几天，纪佑安终于请我到英语社喝茶了。

我也不知道自己紧张什么，一进门，就开始解释："我真不知道为什么会发散到网上去，那个人只是我舍友的前男友，我舍友为了他要死要活，还不准我教训渣男了？"

好久不见，纪社长好像又高冷了一点。啧啧啧，我抽出空来打量着他，果然好看的人穿什么都好看。

他挑挑眉，把书往桌子上一扔，语气严厉起来："你知道这对于我们英语社来说，名声有多么不好吗？"

我没想到他会突然发怒，抬眼睛看了他很久。原本被忽略的委屈，在这一刻突然变成了千言万语，堵在眼眶里，什么都说不出来。

努力咽下那口气，我把眼泪憋了回去："我知道，我可以退出的，不会为社团带来什么……"

"闭嘴！"他打断我。

我愣愣地望向他，心里莫名加重了难过，泪水差点夺眶而出。

纪佑安躲开了我的目光，看向另一处，重重地叹了口气，透着些许无可奈何。

"你先回去吧。"

我当然知道南可轶等人多想让我离开，事实上，我也不想就这样退出社团，可那一瞬间，自己也不知道在和谁较量、较量的什么，只是听到纪佑安怪我，就想迫不及待地告诉他我究竟多么自暴自弃。

第二天的社团活动，我直接没去参加，也没有请假，反倒是纪佑安主动发消息过来，就一句简短的话："生理期的话，我允许你休息几天。"

谁生理期啊！虽然隔着电话，但我的脸还是涨得通红。

该死该死，我什么时候和纪佑安关系好到分享生理期了？

被人抓住了把柄，南可轶等人免不了又拿我开涮，其实不仅仅是她们几个，如今我走在路上，回头率那叫一个突飞猛进。不知道还以为谁家的大腕来 A 大拍戏了，结果认真一看，是我这个"大碗"。

伤不起啊伤不起。多管闲事果然是要遭报应的。

第二天一大早，又有人给我打电话。我还以为是我的事情出续集了，不等她开口，我扒开眼皮，抢先说："今天是什么重头戏？我和豪车男携手私奔了？"

"不是啊，你快看看，有人在网上给你道歉了！"

什么？我怀疑自己耳朵走错了片场，又问了一遍。

"你终于洗白了！"

这话说的……

我抱过电脑来，把被子披在身上，"唰唰唰"登上了我这几天登了N遍的网站。

头条从我变成了一封道歉信，那个ID眼熟得很，好像在哪里见过，我猛然拍了下头，这不张梓迅的ID吗！

不是吧？给我开这种玩笑？前男友反目成仇，不惜陷害我？

我这是不小心掉进了什么狗血剧情？

顺着那篇道歉信往下滑，再次看到的却是蒋秀米录的视频。

"我是图片中豪车男的前女友，明书芮是我的舍友，事情是这样的……很抱歉现在才出来为她澄清，前段时间心情低靡，甚至还想过轻生，很感谢明同学为我做的一切，希望大家能擦亮眼睛，看清事情的真相。"

蒋秀米还在睡觉。不知道她是以什么样的心情录这段视频的。她心理素质差，我又总怕她会把自己的伤疤揭开，怕她好不容易安抚下的情绪再次不受控制。

道歉信我也读了，难得张梓迅能写出这么真诚的东西来，贴了我拿水泼陈毅的视频，还说什么悔不当初，为了表达致歉的诚意，从此将本账号注销。

就连陈毅的假女友(他表姐)也出来说话，这下，不由得大家不信了。

我仔细想了想，立马拨出了电话。

"纪社长，这是不是你干的？"

纪佑安应该还没起床，带着慵懒的倦意，反问我："什么？"

"道歉和真相啊！"说完，我又补充一句，"张梓迅信里说你找过他。"

"不是让他别提这个吗？"

我听见那边掀被子、开电脑、敲键盘的声音。没过多久，电话那头安静了下来，纪佑安突然冷冷道："明书芮，明天晚上去图书馆抄两遍单词！"

然后他就挂了。

身为校园网站的账号负责人，能收回 ID 的，也就只有他而已，所以，张梓迅一说注销账号，我就猜想肯定与纪佑安有关。

小样儿，装什么装啊。

第二天晚上，我到图书馆的时候，纪佑安已经坐在那里读书了。

我悄悄地凑过去，趴在他耳边说："嘿！"

像是早就有心理准备一样，他斜了我一眼没说话，倒显得我跟个傻子似的……

我干笑几声坐下，从包里掏出两听可乐，递给他一听。

纪佑安愣了愣，很久都没有接过去，就在我以为他不喝碳酸饮料的时候，他却伸手拿了。我说："请你喝的，谢谢你帮我洗刷冤屈。"

可乐被打开，"嘭"的一声，还好我们在图书馆里隐蔽的一角，不然这么大的声音，会被人认为携带危险物品进来的。

他说："你非谓语动词学会了吗？倒装句和省略句掌握了吗？"

"请问，您是在告诉我可以去死了吗？"

他把自己手里的书扔给我："可以。不过死之前先把这些学会了。指着你灵活运用不太可能，就死记硬背吧。"

合着我也就适合死记硬背。

他突然认真地问我:"就算你硬背下来了,知道在什么条件下用吗?"

"不是吧,我才半个新手,你就对我提出这么高的要求。"我可怜巴巴。

纪佑安选择无视掉我的眼神。

我翻了翻书,那些生僻的词组和诡异的介词都是什么?鬼画符吗?

不知道过了多久,当我背完本章单词抬头的时候,纪佑安正在目不转睛地盯着我。

这样专注的模样太迷人,我心突然跳了起来,感觉血液都被这突如其来的荷尔蒙焐热了,他似乎也感觉到不妥,却没有我像我一样慌张。

我想,他该不是喜欢我吧?

这种自恋的想法只停留了一会儿,就灰溜溜地退场了。身旁带过一阵风的味道,南可轶对手哈着气,一屁股坐到了纪佑安的身边。

"你们俩在这里学习啊?"她毫不客气地把一摞书本推放到书桌上,"正好我也来充电,和你们一起学好不好?"

纪佑安只在南可轶坐下的时候抬了抬头,然后就当南可轶不存在一样,又低头看自己的书。

他不理南可轶,南可轶转了下脑袋,用奇怪的目光看着我。

我只能强颜欢笑地说好啊,不然还能怎么说?

明知道别人不会说"不",还要故意问一问,赶鸭子上架,当鸭子的滋味可真不好受。

既然来都来了,又不会让我少块肉,忍忍算了。

于是,我努力当她不存在,继续看自己的书。

平时在一起学习的时候，纪佑安总是实行"放养"政策。其实就是扔给我一本书，让我自己试着去理解，实在有不会的地方再教我。

这时，我捧着书，问纪佑安："这个词组在什么语气下才能用啊？"

南可轶不知道什么时候抬起头来了，抢先一步道："表达愤怒、不满或悲怆的时候。"

我抽了抽嘴角，灰溜溜地把书撤回来，说了声谢谢。

"不客气！"

她倒是回答得清脆，笑容灿烂得跟朵水莲花似的。

纪佑安似乎看穿了我俩之间明争暗斗的小伎俩，嗤笑一声，站起身来，看着我说："你慢慢学，朋友有事叫我帮忙。"

他前脚刚走，南可轶的脸色马上就变了。

哎？冤有头债有主，刚刚是纪佑安惹你啊？我可没干什么！

part 3

和南可轶肩并肩坐在一起，我总觉得身旁潜伏了只狼，所以纪佑安离开不久，我也就找借口先走一步。

然而刚踏上楼梯的台阶，南可轶便从后面把我拉了回来，怀里的东西顿时撒了一地。我惊讶于她的蛮力，然后无视掉她那副要吃人的眼神，自顾自地蹲下去捡书。

她又向上扯我的衣服，带着我欠她钱的语气："捡什么捡！我有话跟你说！"

我不想停下手中的动作，连头都没抬，反问她："你不早就想和我

聊聊了吗？今天是纯聊天还是热热身？"

话说完时东西也捡完了，我起身，看似毫不畏惧又大义凛然地与她的目光相视。

脸上面无表情，我心里却单独开了一个大剧场：她来找我做什么？刚刚的动作又是什么意思？情敌终于爆发了？难道狗血的夺夫大战就要轮到我身上？最近怎么什么让人跌眼球的事情都能把我挂上？

南可轶抹了好几层粉的脸充满讥讽，上下打量我就像在看弱小的蝼蚁一样，好半晌才说："你到底哪里来的自信？听说你是小县城里来的，我就纳闷了，纪佑安怎么会看上你这种土包子？"

旁边几位脸熟的同学路过，正好听到了她的话，忍不住回头多瞧了我俩几眼。我暗自庆幸她们不是南可轶请来的帮手。

我看了看自己身上的白T恤和方格阔腿裤，有点没法理解她话中带诮的土包子，那在她眼里，什么才不是土包子呢？

南可轶见我不说话，作势就要下楼，我连追几步，在楼梯口上截住了她。

她充满鄙夷地问我："干吗？还想要打架？"

当然没有，我说我只是想了解一下最近社团招新的进度。

"你还真把自己当社团的负责人了？我告诉你，当时社团里只是缺人，要不就凭你这水平怎么进来？现在你没有用了，前段时间又捅出了麻烦。纪社长早晚会嫌你碍手碍脚把你赶出去。"

"你怎么这么肯定？"我笑着反问她。

"你管我，不信我们走着瞧。"她永远都是那副盛气凌人的样子，

— 132 —

仿佛是高高在上的公主，好像别人没有和她站在一起的资格。

公主病是有了，可惜我从没觉得她有公主命。可以说，任何人都没有。

南可轶没理我，趁我短暂失神的片刻侧身而过。我不服气，对着她的背影大喊："纪佑安才不舍得赶我走！绝对不会！"

她走得越来越快，甚至用跑的。望着那个背影，我想，同样是爱而不得，我俩之间也有点同病相怜吧？就好像我能理解她对纪佑安的患得患失，谁不是呢？

我回去的时候，宿舍成员已经全了。

刚进门，林小徐便递过来一个塑料袋。

"老明，帮我扔一下垃圾。谢了您了！"

"吃吃吃，你除了吃还会什么？"

"还会懒，比如现在让你帮我扔垃圾。"

"你还好意思说？"我把其他两人的垃圾一同塞进了袋子，"你看看你现在臃肿得跟生完孩子的妇女一样。"

她跳起来，要把香蕉皮塞我嘴里，还好我溜得快。

对于"妇女"的新形象，她表示不满："田北说，不管我怎么吃，我的身材都很正！你们懂什么！"

赵玥宁幽幽开口："原来你是'臃正'啊……"

被将了一军，林小徐气得快从床上蹦起来了，失手拉下了隔壁蒋秀米的蚊帐，把后者整个人扣在了里面，包括她吃了一半的芝士蛋糕。

这下又轮到蒋秀米发飙了，抄起拖鞋就奔着她跑过来。

林小徐光着脚躲在我身后，拿我做挡箭牌。

两个人大战完三百回合的时候，我已经爬上床听四级听力了，赵玥宁明知故问："我们来背一下六级的单词好不好？"

我一记眼刀飞过去。

她呵呵傻笑，矛头指过来："四级对你就像海澜之家，每年逛两次，每次都有新感觉。"

我突然想起了南可轶，没接她的话，倒是把白天的事情给舍友们重复了一遍。

林小徐听完显得热血激昂："OMG！双方因为爱情首次开战，刺激不？"

我说要不让你家田北出个轨试试，她表示那还是算了吧，她怕按捺不住自己的大刀。

赵玥宁："你可得加把劲啊，爱情都是争来的！哎？张梓迅最近没再来找你吧？"

"没……"

"对了！"蒋秀米打断我俩，似乎异常兴奋，"上次我在网上看一个笑话。有个人与前男友分手多年重逢，两个人再次见面，一开始都不好意思说话。你们猜后来怎么了？"

"怎么了？"我仨异口同声。

"后来前男友终于忍不住开口，说：'听说分手之后，你到处和人说我得了艾滋……'"

冷笑话太冷了，我只能配合着傻笑。林小徐和赵玥宁没有任何反应，我叫她俩："愣着干吗？快笑啊！"

在学习网站上线之后，纪渊首先发来消息，说忙了一天，你也想放松放松吧？

我感激涕零，心想这人的良知还没有被英语四级给抹杀掉，今晚终于可以休息了。

然而他却给我发了两张截图。

"奇葩学员作妖多。"

带着好奇心点开一看，我躺在床上差点笑疯。

某同学硬生生将"淡水湖"翻译成了"lake without NaCl"，我只能对这位仁兄的化学进行声情并茂地表彰，而英语水准，则朦胧得让我摸不到它的存在。

笑够了，纪渊也叫我去听讲解课了。我半迷糊地戴着耳机，昏昏欲睡。哪知道一低头差点把热水洒在电脑上，我立马清醒过来，把水杯端下去，抱着电脑睡了。

再睁开眼睛的时候已经是半夜十二点，看着纪渊发来的十几条消息，我只能默默打一句"不好意思，太困了"，然后收拾好东西躺在床上了。

然而我偏偏又睡不着了。这么晚了，学习学不进去，找人聊天也不可能。黑暗中，借着香薰灯发出的微弱的光，我百般聊赖地望着天花板，白天甚至更远发生的事情，像放电影一样在脑子里跳来跳去。

我最近迷上一个男明星，常健身，身材完美，长脸、单眼皮、高鼻梁，被广大网友称做"行走的荷尔蒙"。而我第一眼看到这个男明星的时候，

就想到了纪佑安。

我打开手机,找到了那张男明星的图片,发了动态,并配了一颗红色爱心。

我的胆子,也就适合影射自己的心愿了。

第二天早上,我收到了我爸的短信,他说:"我的好女儿,学习辛苦了。爸爸来 A 市出差,昨天晚上刚回家,给你寄了点 A 市的土特产,希望你喜欢!"

读完整条短信我彻底没脾气了,敢情您老出趟差不来看看我,倒是给我寄了本地的特产?难道您是假爸爸吗?

很快,接到快递短信,我简单化了妆就出门了。

到了快递站,我报了名字,那人却说没有。

我蒙了。我爸刚过完生日,都这么大的人了,应该不会再像去年一样寄空快递耍我了吧?

后面排队拿快递的人还有很多,我一边打电话一边给后面的朋友让路。在我向我爸确认之后,我宁愿从不知道这个快递来过。

那人问我:"同学,知道拿谁的了吗?"

我低声道:"乖巧可爱善良温柔的女儿明永富。"

他没听清,我又重复了一遍。他还是没听清,我大声说:"我拿明永富的快递!"

望着快递小哥浮起的笑容,毫无疑问,我又增加了一大笔关注度。

土特产都有一个共性,那就是土,大都装在一个麻袋里,什么茄子土豆哈密瓜,绝大部分都还是大自然的皇亲国戚,纯真且脆生生。

我拖着两大袋子东西，艰难地往回走。

这可真是亲爹啊！

part 4

往回走的时候，我祈祷看见我这副狼狈样的人越少越好，最好一个雷下来，大家统统都去躲雨而不出门。

谁知道天公不作美，熟人没碰上几个，却让我在某棵大树下面遇到了纪佑安。

经常碰在一起，我都快怀疑他是不是跟踪我。不过说起来，这时候遇见很说得通。

快递站早就发出通知，今天只上午八点到十一点开门，如果他是来拿快递的话，那能碰面也不稀奇。

纪佑安的眉毛拧成了一股绳，低头看着我手中的东西。

"需要我帮你吗？"

即使我现在特别需要别人献爱心，我也不愿让他来帮忙。

我说："不用了，我可以的。哎，对了，我爸给我寄过来的特产，你要不要尝尝？"

他摇头。

我觉得人家可能看不上我这点东西，也就没强求。

"你先去忙吧，我自己可以拎回去的。"

纪佑安看我的眼神突然变了，似笑非笑，还有点惊讶，说："我说不要你就真不给了吗？"

难道你说不要我还上赶着给你塞过去吗？

我觉得莫名其妙，可手上已经打开了袋子，扒拉了一圈，抬头问他："那你要年糕吗？"

纪佑安干脆蹲下身，和我一起翻，这样一来，路人的注意力毫无悬念地又集中在了这里。

要是学校里有受关注率金鸡奖的话，我一定可以拿到那只小金鸡。

这时候，纪佑安突然从袋子里拽出一个芭比娃娃礼盒，不可思议地望着我，讶异道："这也是你爸给你寄的？"

"呵呵呵……"我被亲爸坑得哭笑不得，"你也知道的，家长嘛，自始至终都拿我们当小孩子……"

"我倒是觉得这东西和你智商挺配的。"

我努力拉下脸，瞪他一眼。谁知道他跟没看见一样，随手拿着年糕走了。

回去的路上，我被我爸的爱心和童心直感动得情不自禁悲喜交加。

事情是这样的，我总觉得女孩子的童年没有芭比娃娃是不完美的，所以，从小玩泥巴长大的我，一时兴起，上次回家便买了一个放在床头，被我爸看见了，他问我哪根筋搭错了。

我说追忆童年呢，您不懂。

他表示原来是筋倒长回去了。

当时认为上一辈在这种事情上和我有代沟，就没再与其争辩。只是我爸捧着芭比娃娃看了很久。

于是，这次一时兴起就给我送了套芭比礼盒？再次击碎了我在纪佑安面前的形象，这礼物着实令我感动。

屋漏偏逢连夜雨，我拖着两袋子东西路过女生宿舍二楼的时候，大老远就看到了南可轶，当然，我这么好的运气不可能让她看不见我。

她望着我，距离太远我看不清她的表情，却侧过头同旁边的女生讲着什么。我装瞎走过去，又拖着东西爬到了三楼。

林小徐不知道什么时候扎了一头脏辫，又穿上了嘻哈风肥大的外套，对我竖起三根手指。

我不由得惊讶地张大嘴，又硬生生地将下巴托了回去。

我问她："你这是干什么啊？"

赵玥宁突然出现，贼兮兮地对我讲："我刚刚看到你的扁桃体了。"

我表示，如果她有胆子剃个光头，可以直接看到我的胃黏膜。

林小徐突然哈哈大笑，然后注意力又被身后的两个袋子吸引去了，她端着水杯，围着袋子转了一圈，当看到上面"缓释控释肥"五个大字时，给我现场表演了一个喷水 RAP。

我拉过袋子，嫌弃道："田北看到你这样会恨自己瞎了眼的。"

"所以这到底是什么？"赵玥宁指着袋子问。

"我爸昨天来出差，送的土特产。就是……"还没等我说完，旁边那两人已经迫不及待地冲上去了。

我完全被无视了，只好安慰自己这都不是外人。

晚上社团有彩绘活动，八点到东大门操场集合，借着灯光，大家陆续来到，三五成群地围在一起。

旁边的社友捅了捅我，小声问："为什么要把时间定在晚上啊？"

"夜黑风高，方便行动。"

她的声音突然变得紧张起来："啊？那到底是什么活动啊？"

什么活动？我摇摇头："大家都不知道。"

平时举行活动都会提前说清楚规则以及要准备的东西，然而这次却只扔了一句通知，其余什么都没透露。

我不止一次地问过纪佑安，到底是什么？他板着脸，面无表情地说："到那天你就知道了。"

到底是什么连我也不能说？

一堆人坐在操场上，各自沉浸在各自的世界里。

这时候一个尖锐的声音在熙熙攘攘的人群中格外引人注目，我竖起耳朵来听，那熟悉的腔调一听就是南可轶的。

"别提了，上次我在宿舍里，看见她拿着一个化肥袋子，别提多土了，里面装的什么也不知道。"周围人越来越安静，似乎都知道她在说谁，所以关注点毫无疑问地又集中到了我身上。

"小地方就是小地方，自己本事不行，还不肯努力。连说个英语都带着土味，走出去真给国人丢脸。"

欺人太甚！我急了，一下子从草坪上爬起来，怒道："你再说一遍？"

"好话不重复第二遍。"

我在太过于愤怒的时候，常常会被怒火冲昏了头，导致除了喘粗气什么也不会做，甚至还有点想哭。

现在掉眼泪，不就是让人家看笑话吗？我努力将泪水憋了回去，闷在心里不出声。

"给她道歉。"

是纪佑安的声音。

我抬头望过去，他整个一扑克脸，好像从来都不愿意浪费一点表情。

然而，骄傲的自尊心和面子作祟。在我最狼狈的时候，我却不想看见他，即使他现在是在为我出头。

南可轶显然也愣了，她指着自己问纪佑安："你在说我？"

"你自己干什么了你比我清楚吧？"

我第一次见纪佑安在这种事情上咄咄逼人，那种突然冒出来的严厉让人心里"咯噔"一下，不由得也开始紧张起来。

南可轶坐着没动，表情十分不爽，脸耷拉得老长，让我想起了小时候在爷爷家见过的驴，而且仔细一看，就像是一个血统流传下来的。

这时候，纪佑安又说话了："副社长，你过分了。"

他阴阳怪气的，旁边的同学捅了捅我，说社长平时帮你补习也这样说话的吗？怎么总觉得后背凉飕飕的。

我早就习惯了这样的纪佑安，安慰她道："放心吧，他绝对话里有话，而且说到做到。"

南可轶终于扛不住，站起来，对我说了句对不起，走没走心懒得追究，关键是那副吃瘪的样子，让我积压心底多年的怨气终于得以昭雪。

这时候，好几个送外卖的人抬着几箱子东西进来，大家纷纷好奇起来。

不是说好的社团活动吗？这几箱子又是什么？

第七章

恼 人 的 弯 弯 绕 绕

part 1

　　一眼望过去只是几箱子东西，等到工作人员全都摆出来的时候，在场的人都惊呆了。

　　不知道什么时候已经搭好了桌子，周围的灯亮了起来，轻音乐也在耳边响起。

　　纪佑安拿起话筒："已经和校方商量过了，今天晚上这块地借给我请大家吃饭。"

　　即使眼前摆着琳琅满目的食物，众人还是错愕地张大了嘴巴。

他宣布完，就把话筒甩给来打酱油的田北了。

纪佑安话少，田北倒是话多得很。

"纪社长感谢大家对他英语社的支持，也希望大家一直热爱英语学科。既然是社长请客，大家都吃好喝好，千万别客气……哎哎哎？你们先听我说完啊……"

食物太多，我都不知道先拿什么。面前正好有几瓶饮料，我顺手摸过来，不至于显得手里空空荡荡。

人来人往，场面有点像吃自助餐。热热闹闹的气氛里，倒显得我有点格格不入。田北没吼几句便下来了，大家都忙着，谁有空听他在这儿胡扯。

我的眼睛围着场地转了一圈，都没有搜到纪佑安的身影。

刚刚还在呢，一转头这是去哪儿了？

我打开手机，录了个视频发到宿舍群里去，林小徐最先回复大哭的表情："要不是今天来'大姨妈'，我一定去嗨爆你们现场！呜呜呜……你要看好田北……"

"你放心吧，有我在，田北休想有任何动作！"

"呜呜呜……我就是怕你打断他的腿啊……"

我扭头，本打算换个姿势玩手机，好巧不巧，一转身正好看到纪佑安在隔壁桌上望着我，昏暗中看不清表情，可我总觉得他在笑。

很快，他走过来，越过我，也从身后的桌子上拿了瓶饮料，"嘭"的一声打开，身子后倚。

"你怎么不和她们一起？"

我怎么说，说我在等你？

小难题让我犹豫住了，他笑了一声，突然拉着我的胳膊往外走。

这么多双眼睛看着呢！我挣了几下，不知道是不是因为心慌使不上力气，对他铁砂掌的禁锢表示无能为力。

穿过人群，纪佑安带我来到了离东大门不远的小河旁。小河上有一座桥，前几届文学院的同学们给它取了个悲伤的名字：华清桥。

桥上有几盏灯，光芒算不得明亮，正正好好能看清人的轮廓。而远远望过去，东大门的人群已经凝成了无数个点，微弱的欢呼声传来，让人觉得这里是个清幽地。

小河里长出高高的蒿草，恰似半遮的屏风，如果没有人走近了仔细看，是不会发现还有人在的。

我扶着桥栏，呼吸到质量为优的好空气，感慨道："这真是个躲清静的风水宝地啊。"

"哎？纪社长，今天的事还没谢谢你呢，多亏你及时过来，要不然我得和她打一架。"

"不客气。"

"林小徐还让我看着田北呢，她知道要是咱俩……"我把"私奔"二字咽回肚子里，"咱俩出来赏风景，肯定又要说不给我薯片吃了。"

和纪佑安在一起的时候，如果我不说话，他肯定也保持着沉默，想想两个人站一块儿，结果跟大龄青年相亲似的，半个字不说，情景多尴尬。

所以，尽力活跃气氛的我，却不小心将自己的完美形象越推越远。

我也想谈点诗词文赋、语法词汇，可是一开口，却都是小女生的长长短短。

纪佑安也不嫌烦，静静地听着，风吹过来的时候，会把他身上的味道带给我。

我试探性地问："纪社长，你……你为什么对我这么……这么特别啊？"

豁出去了！是天地风和桥借给我的胆子，反正夜黑风高，谁也看不清谁的模样。

他仍然不说话，我都有点怀疑他自闭了，然而这时候他却伸出手揉了揉我的头发。

我顿时风中凌乱。

纪佑安紧接着问我："你有没有喜欢的人啊？"

好像有人在我的心里装了一颗甜桃，听到他问这话，我总觉得有什么来得太突然，还没准备好呢。

"没有……"

"可惜，我有。"他转过头来看着我。

生活总会在你兴致盎然的时候泼下一盆冷水，千辛万苦燃起来的火焰，瞬间就被浇得毫无声息，只余留一堆黑灰色的灰烬渐渐散掉它的热量。

我的嗓子好像被塞了一团棉花，咽不下去，也吐不出来，除了尽力不表现出悲伤，也不知道该做些什么。

后来纪佑安跟我说了什么，我已经记不清了。

我只记得，最后是他送我回去的。

他还问我要不要参加周三的活动，周三带外国友人参观，还是算了，我有点泄气，就像南可轶说的，土味英语实在迈不出国门。

大概我回宿舍的时候脸色不好，林小徐、赵玥宁她们和我打了个招呼，就都各忙各的去了。

我早早躺在床上，辗转反侧，心里特别特别特别不是滋味，就好比有人给了一颗甜枣，说要和我做朋友，然后转身又给了我一巴掌。

周三那天，外国友人来参观校园，由纪佑安和南可轶做翻译领路。

远远望过去，两个人莫名很般配。我站在远处看了他们一会儿，回过神来便进图书馆了。

我不能把纪佑安的辅导当成习惯，总是要学着独自去学习的。怕的就是，你早已习以为常的东西，最后却不是你的。

然而我没有神机妙算的本事，不然早就能够预料到他们会来参观图书馆。外国友人进来的时候，好巧不巧，我正在咬笔头研究语法，心里正狠狠骂着外国人那恼人的弯弯绕绕。

白衬衫和牛仔裤将纪佑安的身材割成黄金比例，他进门先瞟了我一眼。我害怕那副要吃人的样子吓坏了他，赶紧佯装端正起来。谁知道这人完全忽略掉我，操着一口流利标准的外国话介绍着："This is the……"

我的水平把他们的谈话听得很模糊。外国友人过来找我握手的时候，我还没反应过来发生了什么，只好硬着头皮迎过去。

"Hi,nice to meet you．"（你们好，很高兴认识你们。）

纪佑安："Nan is not there. Can we let Ming explain the campus culture instead of her?"（南可轶不在，要不让明同学来讲解一下？）

外国友人用他们深邃的大眼睛打量了我一圈，似有笑意："Ok, she looks great."（好，她看起来不错。）

纪佑安的脸上，有种阴谋得逞的痞笑，冲我挑挑眉，说了句中文："外国友人让你来讲解呢。"

他嘴角勾起的幅度深起来，天知道我现在有多想哭。

part 2

"This is the experimental building of our school. Students who study chemical ,biology and physics often come to experiment."（这是我们的实验楼，学习化学生物和物理的同学经常过来做实验。）

纪佑安赶鸭子上架后，我也只好放下手中的习题。英语四级都还没过呢，现在可到好，直接与外国人对话，仔细想想，总感觉连自己的人生都变得玄幻了。

偏偏纪佑安一副"你上场不关我事"的样子，两袖清风地跟在参观团的最后面，满脸等着看我好戏的样子。

英国人讲究礼数，就算他们对我说的话题不感兴趣，也会礼貌地点头，连连道："Oh！This is very good."

往往这时候，纪佑安就会出来帮我补充，反正他补充的东西，都是我听不懂的，比如实验楼，他就会详细说明我们这里大概有多少种器材，又新引进了哪些，方便了什么领域。

这时候我也会不住地点头，附和道："Yes, our school is great."

不会说话不是问题，会溜须拍马就足够了。

哪怕纪佑安说："Ming is the best member of the entire English language club."（明同学是英语社成绩最好的）我也会点头哈腰予以支持。

然而他并没有要就此放过我的意思，话锋一转，又把介绍校园的重任交给了我。

"Ming, let's talk about the cafeteria."（明同学，来说说食堂。）

我愕然地望过去，南可轶回来了，纪佑安正与她交谈着什么。

这时候也不适合小肚鸡肠，我便把之前的儿女情长都收敛起来，开始打腹稿，恰好食堂阿姨做菜的香味从窗子里飘了出来，我的肚子咕咕叫。

离我最近的约瑟芬老师狐疑地问我："Have you heard any strange noises?"（你听见什么奇怪的声音了吗？）

我急忙说"No No No"，她笑笑，示意我继续讲解。

我暗自庆幸她不追究，要不然丢人就丢到国外去了。

一说起食堂，那可有的聊，它承载着我大学三年以来的全部美好记忆，每当我心情不好的时候，只要来到这里大吃一顿，总会忘记那些短暂的忧愁。

约瑟芬老师点头，冲我竖起大拇指："Ming is a very cheerful person."（明同学是个很开朗的人呢。）

旁边诸位老师附和，我正沉浸在自己人生爱好受到赞扬的喜悦里，纪佑安在旁边冷不丁来一句："So she will eat so fat."（所以她会吃得很胖。）

我的"Thank"被压在嘴边，现在恨不得用那个"f"开头的字母来问候他。

纪佑安这是怎么了？平时一副不容亵渎清心寡欲的样子，今天却当着外国人的面拆我台。

既然南可轶已经回来，那这里也就不需要我再碍手碍脚了，我借口"身体不舒服，去会儿洗手间"赶紧溜掉，纪佑安似笑非笑地说："Well, Ming students should pay attention to the body."（好，明同学要注意身体。）

离别前寒暄一阵，身体还真的开始不舒服起来。我往宿舍方向走，隐约还听到约瑟芬老师说："You look really tacit."（你们很搭。）

"Thank you, I think so."（谢谢，我也这样认为。）

后者是纪佑安的声音，很长一段时间，我都觉得自己的耳朵出现了幻听。

据说外国友人在校领导那里对我们英语社评价很高，于是，领导们成功拿下了近几年的交换生名额，外方甚至还要求多加几个。校领导对此十分欣慰，大手一挥，表彰了整个英语社不说，还提供了一笔奖金。

众成员在群里一商量，金额不算大，想要出去旅游是不可能了，也不知道谁在群里说上次的聚餐感觉不错，于是苦无门路的大家赶紧都投了一票，这事就定下来了。

聚餐定在周五晚上，纪佑安主要考虑到大家"嗨"够了第二天不用上课，而且周五门禁晚一小时，有足够的时间。

此话一出，大家说："哇，社长真是体恤民情啊。"

　　我心想，莫不是他喜欢的人就在社团里？否则怎么会费这么大劲定时间，他从来不是计较细节的人啊。

　　周五如期而至，在林小徐致命的死缠烂打下，我实在受不了来自灵魂和身体的折磨，向纪佑安提出了让她参加，但餐费自理的建议。

　　纪佑安说："让她来吧。"

　　林小徐乐得差点蹦起来，甚至拍着我的肩膀说："明书芮，没想到你说话这么好使啊。未来的纪夫人哦。"

　　她"纪夫人"三个字说得九转十八弯，我像是被捶了胸口，猛然反应过来自己在做什么。

　　我搡开林小徐，叫她快去准备东西，别在这儿瞎说。

　　"你呀，就是煮熟的鸭子嘴硬！"她嬉笑着走开了，留我一个人空空荡荡地抱着床柱。

　　聚餐地定在了学校附近的高档酒店，我出门的时候，正好看到纪佑安进了门卫室，估摸不到一分钟就拿着个袋子出来了。远远地，我仔细瞧了半天也不知道是什么。不会是他喜欢的人送的礼物吧？不知道哪根筋搭错了，硬是拉着林小徐进了门卫室的门。

　　门卫大爷满脸蒙地望着像是来讨债的我。哎？太冲动了进了门，这时候不知道该说什么真是尴尬。

　　还是大爷先问："小同学，你有什么事啊？"

　　我说您可不可以告诉我刚刚那人拿的什么啊。

　　老大爷吹了吹胡子，一副和蔼可亲的模样，眯眼笑道："这个可不能说啊，不过你要是想听的话，我偷偷告诉你。"

这真是个好大爷，我指着他的收音机，兴奋不已："大爷，您这收音机真好看！"

大爷更高兴了，冲我招招手，我把耳朵凑了过去。

"纪同学刚刚拿走的东西啊……我不告诉你。"

我茫然地看向大爷，他半头白发，笑起来满脸褶，甚至还能看到几颗"退休"的牙。

算了，没戏了。

我说句"打扰了大爷"便急忙离开了。

林小徐还拉着我，让我再去和大爷聊聊，说不定就套出来了呢。

我无语地问苍天，她凭什么认为我的智商可以与大爷一较高下呢？

这次的人比上次聚餐还要多，大部分都请来了家属。也许，在这种欢声笑语中，只有心意相通人的陪伴，才是最值得珍惜的吧。

只可惜我不是有人陪着的人，林小徐见色忘友，直接跑去和田北腻歪了，我孤零零地坐在餐桌角落，越过整张圆桌的直径，对面的位置上，是纪佑安。

这次更简单，一句发言都没有，干脆扔了句"大家都吃吧"，就带过了饭前长篇大论导入活动。

可真有性格，我一边想着，一边塞了块肉在嘴里。

旁边桌上的男孩子们在划酒拳，喝得畅快淋漓。

我想着，作为一个还没谈恋爱就宣布失恋的苦逼女主，是不是也

该喝点酒解解闷？

part 3

我不知道自己什么时候摸过来的酒瓶子，一杯酒下肚后只觉得胃里像是有火在烧。

以前我贯彻五好学生的行为习惯，滴酒不沾，连碰都没碰过。所以当我感觉到自己晕晕乎乎的时候，还并不知道自己就是传说中的"一杯倒"，甚至再次伸出杯子向旁边人要酒喝。

虽然迷迷糊糊，但是这并不妨碍我的大脑记住当晚发生的所有事情，即使，它只记住了个大概。

旁边那人不搭理我，我小小郁闷了一下，便越过他，打算自己摸酒瓶子过来。哪知道手刚伸出去，他却用胳膊扫了扫，害得我差点把酒杯摔在地上。

无奈之下，我解释道："同学，我只是想喝酒。"

他回过头来："同学，我不想让你喝。"

那张脸似曾相识，我凑过去，争取努力看清他的模样，这鼻子，这眼睛，这嘴巴……"哎！你推我干吗？"

他把手缩了回去，表情怪怪的，我说不出哪里不对劲，继续在脑子里搜寻着与他相似的身影。

这时候，他又有大动作——突然拉下我抓头发的手。

"闹够了吗？"他说。

那副咬牙切齿的样子就好像电路上最重要的正极线，短路的脑袋终于接好了，我使劲捏着他的脸说："这不是纪社长吗？你怎么跑出来了？"

我分明还记得林小徐跑过来拉我，好不容易把我的手和他的脸拽开了，我又急中生智死死拉住纪佑安的裤脚。林小徐以及其他朋友对我的表现无不震惊，毕竟敢扯纪社长的裤子，可见真是一个嫌自己命久的英雄好汉。

林小徐说："你就只记得这些东西了吗？"

她腔调有异，我警醒地问："难道我还犯了什么滔天大罪吗？"

"滔天大罪倒是不至于，就是值得让人为你的爱情捏一把汗。"

"你快说到底怎么了？"

"你不会把昨天晚上当众对纪佑安说的话忘得一干二净了吧？"林小徐抱着胳膊，站在我的床边，那副兴师问罪的样子搞得我心里惴惴不安。

我揉了揉还在疼的脑袋瓜，试探性反问过去："难道我昨天晚上面对了内心最真实的自己，向纪佑安当众表白？"

在我印象中，的确有这么一段，不过不是当众，也算不得表白，那只是酒醉之后回宿舍路上的一段插曲罢了。

所以，我到底做了什么？

林小徐看着我叹了口气，说："你昨天晚上喝多了耍酒疯耍得真厉害，纪佑安跑过来劝你别喝酒，你可真行，不仅捏人家的脸，还差点扒了裤子。一边扒裤子你还一边说：'都说女神也要拉屎，我倒要看看男神会不会在冷天穿秋裤。'还好我们力气大拉开了你，不然纪社长今

天就没脸见人了。"

我听完恨不得羞愧到撞墙而死，因为实在怕疼便疯狂地撞枕头，天啊，要怎么再面对大家？怎么面对纪佑安？为什么要告诉我这些！为什么不让我失忆！啊啊啊！

林小徐顺手把空酸奶瓶放在我的床头上，拍了拍床沿，让我自求多福。

在个人仅存的记忆片段里，能够完整拼凑起来的就是纪佑安送我回去的路上。说得更准确一点，可能是纪社长怕我一时兴起再去找个路人扒个裤子，便在散场之前把我送回宿舍。

路上，我说："纪佑安，你上次提过，你喜欢的人到底是谁啊？"

他似乎是笑了，拉着我的胳膊不让我掉进水池里。

"你猜……往这边点，那儿有水。"

"我猜不到……"我能想象到自己当时无赖的样子，借机趴在纪佑安的肩膀上，揩尽了油水。

可能在酒劲的作用下，心里的难过会越发浓烈，我实在是不想听到他说喜欢别人，可又想知道那个女孩子是谁。

何其荣幸，能在万马奔腾的青春岁月里被他选中，他的心底，那是我伸长了胳膊也触不到的蓝天。

我说："那个被你喜欢的女孩子好幸福啊。其实我也有喜欢的人，但我就是……就是不想告诉你。"

纪佑安突然扶住我的腰。

"你喝多了。"

"瞎说，"我甩开他，"我不会喝酒怎么会喝多了。我喜欢的那个人，他是个网站的老师，懂得很多，会教给我我不明白的东西，就像……就像……"很遗憾，我到最后也没说出来纪渊像什么。

夜空中的星星早就不知道躲到哪里去了，我眼前一花，居然看到两个月亮，风一吹，云飘过来，一个月亮都没有了。我不禁有点失望，似乎预感到了这场单恋的终结，我说纪佑安啊，要是我以后喜欢的人都像你怎么办？

话说完，连我自己都没想到自己会哭起来，很小声，憋在胸腔里，想要同感情一起压缩在小小的心中。

我还没哭够，就看到张梓迅的现女友——那位"山顶洞人"的身影。说时迟那时快，我立马推开纪佑安，悄悄尾随上去。

我对于干这种事有着得心应手的天赋。

纪佑安不知道什么时候也跟了上来，见我偷偷摸摸，便趴在我耳边问："你怎么了？"

一股热气扑在耳朵上，我不舒服地缩了缩脖子，差点被"山顶洞人"发现。

"嘘嘘嘘嘘嘘——"我连着对他说了好几个嘘，"你要想跟的话，别出声音。"

纪佑安盯着那个背影，也轻语："她是谁啊？"

"张梓迅的现女友，山顶洞人。"

话音刚落，他直接抓起我的手就把我整个人拉走了，仅存的一点理智让我不要挣扎，被"山顶洞人"发现就要面临被茹毛饮血的风险。

　　纪佑安看起来有点恨铁不成钢的意思，他把我堵在三角形角落里，两面都是墙壁，对面是他砌成的肉墙，我使劲推了几下，推不动。

　　他问我："明书芮，你跟踪人家干吗？"

　　其实我也说不上来，大概就是因为喝多了，大脑开始释放出天性，开始随心所欲模式。

　　但我要这样说的话，肯定会被他扣上"胡诌八扯"的帽子。

　　我扮作无辜状说："少女心事总是诗，而且还是朦胧诗，自己都不明白，你更不用懂。"

　　我又推他，还是推不动。

　　耍流氓吗？我睁大了眼睛，恶狠狠地瞪着纪佑安，然后趁他不注意，一溜烟钻回了宿舍。

　　这还不是结束，我站在宿舍门口，掀开衣袖冲他大喊："我有肱二头肌，'山顶洞人'那样的，我一个人能干掉俩！"

　　醉酒的故事到此结束。

　　我总觉得自己麻烦大了。

　　身体还是不太舒服，所以我便把今天晚上的学习课程都推了，毕竟难得有这个偷懒机会，我得把握住，过了这个村就没这个店了。

　　下午有教授的语言课，宿舍里一行人都是打着哈欠去的。

　　蒋秀米自从失恋后，就变得特别勤快，于是，为了鼓舞她这种来之不易的精神，我们将占座的事全权托付给她了。

　　等到我们三个赶过去的时候，已经迟到了十分钟，老教授正在前面比画得带劲，我第一个进门，特意抬头看了一眼。

屁股刚挨上凳子，便听见"哐啷"一声，坏掉的凳子撑不住人，我直接溜到了桌子底下，屁股八瓣有余。

这巨大的声音引来了周围的旁观者，比我还倒霉的是赵玥宁和林小徐，这两人弓着身子还没来得及坐好，就以最猥琐的模样接受了全体同学的注目礼。老教授脸色一变，语气也变了："那两位同学，迟到了快找地方坐下。请不要发出声音。"

我听后，赶紧偷偷从下面往里挪动身子。

part 4

醉酒惨案之后，对于社团的各项活动，我能推则推，能躲就躲。

周五的教研活动再次举行，我正在宿舍里嚼着薯片追剧，纪佑安突然发来消息："你怎么又没来？"

我发了一个可怜兮兮的表情，回复道："社长，我又感冒了，很严重，吃不下饭。"

他说："你两个星期都感冒三次了。"

"免疫系统不好啊……再加上女生总有抵抗力差的几天，扛不住……"

他很久没理我，我以为他信了，便点开下一部电影。

当手机铃声响起来的时候，我吓得手忙脚乱，急忙关掉电脑的声音，点了接通。

"社……社长……"

"我还以为你不接呢？吃得挺香啊。"

我努力将薯片咽下去："没有，刚刚吃的药太苦了，吃点别的转移

注意力。"

他嗤笑一声:"怎么,你现在半个月就来两次大姨妈,人类都进化到这种程度了?"

这话我接不上来,只能嘿嘿傻笑。

"你就这么不想看见我?"他又问。

我想,既然话都说到点子上了,要是再藏着掖着就会显得我小心眼,有什么便说什么好了。

"社长,不是我不想看见你,我现在一看到你就想起那天晚上喝醉酒的事情,真是非常非常过意不去。"

纪佑安对我百分之一百二十万的歉意毫无接纳的意思,倒是反问我:"你也知道?"

我干笑两声,无比生硬地接了个"是啊"。

如果换作是我,那天晚上被人弄得脸面全无,肯定早早就和她划清界限,别说现在还打电话,不打成高位截瘫就已经是无比大度了。

所以这样看来,我十分理解纪佑安的心情,原谅不原谅已经不重要,重要的是他能稍微减轻一点对我的恨意。

出了这档子奇葩事,我也不知道该和人家说什么,毕竟曾经他也为了我在图书馆兢兢业业过。虽然最后的学习效果差强人意,但是怎么说也是他为我付出了。

电话那头,纪佑安略有笑意,他说我:"我真想把你脑袋撬开看看里面是什么。"

他突如其来的好心情也让我莫名其妙,实在难以理解他什么意思,我只能顺着他接："你要是撬开我的脑袋，我就死掉了。"

他再次沉默。

过了一会儿，他又通知我说："明天下午来社团，把你这几天落下的东西补上。"

说完，电话就挂了。

望着逐渐暗下去的屏幕，我越想越害怕。这是什么意思？让他丢人丢那么大，万一去了之后真撬脑袋怎么办？

去社团活动室之前，我把这事告诉了林小徐，提醒她我要是有什么事麻烦替我收尸。林小徐对我的小肚鸡肠表示不齿，她说："你放心吧，我会和纪佑安一起把你曝尸荒野的。"

果然是好姐妹呢！冲她这句话，原本准备买的排骨饭就不给她带回来了。

周六下午的社团活动室，果然空无一人。

可是门却开着，想必是有人来过了，我推开门，蹑手蹑脚地进去，哪知道背上忽然被轻拍了一下，我一下子蹦出去好远。

宋琪哭笑不得地说："你跟被踩了尾巴的老鼠似的。"

废话，你要是在这种条件下被人拍了后背，说不定比我反应还大。

不过我心里纠结的不是这个，跨过话题，我纳闷地问她："你怎么会在这里？"

"我有特权啊……"她笑着冲我眨眨眼，那一头卷发不知道什么时候"直"回去了，染成了姹紫嫣红的"花园"。

她说自己有特权，这不禁让我在心里开始瞎猜她的身份。

　　会是什么特权？校长的海归女儿？主任的任性公主？还是保洁阿姨的灰姑娘闺女？能进纪佑安的社团的……我不禁想到他曾经说过自己有喜欢的人，联系起第一次见她的场景，我想，不会他喜欢的就是她吧？

　　宋琪仿佛看穿了我的胡思乱想，打断我："哎哎哎，别想歪了啊，你们的纪社长是我表哥。"

　　"啊？真的假的？"

　　不知道是不是我滑稽的样子把她逗乐了，她突然哈哈大笑，笑完了又告诉我："纪佑安的妈妈是我小姨妈，我是从小成绩不好，靠艺术生考上的这个学校，不然就不能和这学霸表哥在一所大学里了。瞧你刚刚紧张的那副样子，你是不是喜欢我表哥啊？"

　　我没有直接回答她的问题，转身从书架上拿下了几本教材。

　　宋琪盘着腿坐在桌子上，叼着画笔。

　　"哎，你怎么不搭理我啊？"

　　我说："我不知道该怎么回答你。"

　　她似乎有所了解，跳下桌子，去画板前接着画画了。

　　过了一会儿，她扭过头，大眼睛里盛满着哀伤："刚刚和你说话说得走神了，用错了颜色。"

　　我有点不知所措。

　　她一把把画扯了下来，忽然又喜笑颜开，一边放新画纸一边道："也挺好，旧的不去新的不来。刚刚那幅画有很多不满意的地方，这下彻底给了我一个重画的理由了。"

宋琪冲我撇撇嘴。

这番话似乎意有所指，我正琢磨着，这时候门开了，纪佑安来了。

他直接无视站在中间的我，望着地上的颜料蹙眉："你又在我社团里画画。"

"放心吧，我一会儿走的时候给你打扫得干干净净！"宋琪连头都没抬。

他没再说话，回头用眼神示意我跟他进休息室。

宋琪一脸八卦："哥，社团活动室我都画烦了，你们的休息室也让我参观参观呗。"

我心说太好了，这样就可以减轻我的压力。纪佑安根本没给我反应的时间，直接把他妹妹拒绝了。

"有你什么事。"

宋琪听后笑着噘嘴，看我进门，她不冷不热来了句"娶了媳妇忘了妹啊"，搞得我脸上的温度"噌"一下就蹿上来了。

刚进门，纪佑安就坐下来，一副审犯人的样子，我在他对面如坐针毡。

"说说吧，"他抱起胳膊，"你这两个星期是怎么想的，连活动也不参加了。"

"我……"我总不能说是因为差点把你裤子脱了吧？

"英语四级不过总是有原因的，你现在知道你问题出在哪里了吗？"

这个我知道。

"这次考试算错了命理风水。"

他把书扔在桌子上,用一种匪夷所思的眼神看着我。

我能理解他,因为能说出这种话来,我自己也挺惊讶的。

见他有点生气,我一不做二不休,挺起胸膛直视他,高声道:"社长,我下次不敢了!"

大概是因为我的模样太瓜,纪佑安与我对视了三秒,直接就乐了,笑起来还蛮好看的。

"我还以为你有多大的胆子。"

"比起您来还是差远了。"我说,"上次的事真是不好意思,下次再喝多了,我就自己一个人躲墙根去,要是还耍酒疯,你们就一巴掌打醒我。"

他冷笑一声:"还有下次?"

"没有了,没有了。"

纪佑安难得冷静下来多看我一会儿,沉默了好久,他才叹了口气,认真地说:"明书芮,你到底有没有听懂我在说什么?"

我说:"有啊,怎么没有,只是你一直没有原谅我而已。"

他动作麻利,拉开了外套的拉链,然后又脱下来,扔在了办公椅的椅背上,起身,向我缓缓走来。

我吓得呆住了,他他他……他这是要干什么?我可不是那种人啊!

最终,纪佑安还是来到了我身边,我负隅顽抗,却始终被他掌控在手中。

我的脸被捏得有点疼,他一边捏还一边说:"你不是一直觉得过意不去吗?现在我以牙还牙了,良心还痛吗?"

良心不痛，脸上肉疼。

更关键的是，纪佑安的手指太凉了，我总想用自己的手给他焐热。可是我不行，一想到以后这双手要让别人来取暖，我的心里就又像是塞满了海绵。

我与纪佑安真正相识，也不过就是不到一年的时间。这一年以来，关系说好又不好，说熟又不算太熟，我不敢踏进他的个人圈子，我害怕自己会被无情地赶出来，最后连重新进门的机会都没有。

纪佑安不知道什么时候已经打开了电脑，望着屏幕告诉我："我给你找找最近新学的东西，一会儿你好好看。别被别人落得太远。"

是啊，千万别被别人落得太远。

我接过电脑，礼貌性地说了句谢谢纪社长。他的表情突然怪怪的。

第八章

直 戳 心 窝 的 真 相

part 1

在社团与纪佑安待了一下午之后，我的心情更糟糕了。

晚上回去，我打开电脑，和阅读理解面对面瞅了半天。林小徐瞥了一眼我的页面，叹了口气说："就你这英语水平，是怎么活到现在的？"

我使劲瞪她："要不是因为英语，我就上北大了。"

她对我表示不屑。

纪渊又发来消息问我学得怎么样了，又快到四级考试的时候了，能不能一举拿下。

大概是因为两个人接触时间久了，之前对他的意见全都不复存在，甚至还觉得这老师挺可爱的。

　　我说："自我感觉非常可以，到时候还要听天由命。"

　　"你对自己也太没有信心了吧。"他回道。

　　"信心这种东西，有是有了，但又充满了不确定性。"

　　纪渊似乎感觉我的屁话有点道理，竟然没再反驳我，他反倒是关心起我的时间都去哪儿了。

　　我坦然告诉他，今天下午在英语社团里待了一下午，终于体会到了什么叫度秒如年，也许时间都是这么丢的。

　　他好半天没再搭理我。

　　该不会是我的不上进让他彻底失望了吧？

　　可我只是随便发个牢骚。

　　想到这里，我赶紧向他解释："主要是我前几天做了错事，羞于见社长。不过说起来也奇怪，"我努力回忆着下午和纪佑安在一起时的点点滴滴，"我的社长，可能思春了。"

　　纪渊："好好学习哦亲，祝您生活愉快。"

　　我正纳闷着他说话怎么突然变了味道，林小徐却扔过来一本书，幸好我身手敏捷，不然这张脸明天就难以见人了。

　　拿过"凶器"，我喃喃道："这是什么？"

　　"不认字啊？小说啊！"林小徐恨铁不成钢，"你别是学英语学得连中文都不认识了吧？"

　　我狠狠剜她一眼，看着封面上几个大字：《强势锁欢：娇妻很撩人》。

"霸道总裁啊?"我简单地翻了翻。

林小徐神秘兮兮地说:"现在这种纸质小说都快成为古董了,我可是好不容易才找到这个作者的书的。"

"谢谢您嘞,不过最近英语四级要报考了。拿着这本书,我怕临时抱不上佛脚。"

"哟呵,有出息啊明书芮。"

赵玥宁冷不丁地冒出来凑热闹:"该不会是因为纪佑安吧?"

林小徐:"这还用问,她哪件事不是因为纪社长?"

"去去去,谈你们的恋爱去。"我赶走她们,盯了半天电脑屏幕上的对话框,然后点击叉叉,再点击叉叉,将所有软件关掉,关机,扣上电脑,晚安。

明天早起背单词,这一刻,我又是一个肯为自己加油打气的人。

于是第二天下午,上完最后一节文学理论课后,带着仅剩的一丝热情,我又抱着单词书来到了图书馆。

昨天晚上早早就睡了,奇怪的是,现在上眼皮和下眼皮打架打得还是厉害,我努力想把它俩分开,然而还是以失败而告终。

为了不睡过去,迫于无奈,我只好去书架上拿了一本小说。小说太好看了,我读完时一抬头,四舍五入了一下,发现已经是晚上七点。

肚子"咕噜噜"地叫着,我叹了口气,算是对浪费掉的时间进行默哀,收拾好书本,背上书包,从图书馆后门出来。

后门靠近食堂,而且人少,不过唯一不足的就是,楼道里灯光较为昏暗,楼道也比较狭窄,稍不注意,从某处跳出来的其他同学就会吓你一跳。所以，平时很少有人走这条路。

我小心翼翼地走出去之后，倒也觉得没什么。

天色昏暗，天也冷了起来。校园里的人三五成群，像我这种孤单一人的少之又少。尤其是路过行政楼后面时，又冷又阴森的氛围让我觉得自己仿佛是一个没人要的小孩，我望了望这座纪佑安常来的楼，裹紧了外面的衣服。

这时手机响了一声，我打开一看，是个陌生号码发来的短信。

"今天晚上七点半，东区人工湖见。我有话单独和你说。——张梓迅。"

张梓迅？我有点火大，他和我能有什么话好说？难道上次跟踪"山顶洞人"的事情被发现了？

我一边走一边思考他找我的无数个可能性，越想对他的目的就越好奇，顺便还截个图问了问林小徐等人。

最先回复的是赵玥宁，她说："用不用我去叫人？"

"不用了吧。"

林小徐："这是赤裸裸地找麻烦啊。"

我说兵来将挡水来土掩，光天化日之下也不怕他把我怎么样。

蒋秀米："可真是前男友×××系列。"（此处脏话，自动屏蔽）

在食堂吃饱了之后，我摸了摸自己的肚子，优哉游哉地往东区人工湖走。这都两年了，张梓迅莫不是现在想和我道歉？

大老远，我就看到了树下的张梓迅，路灯昏暗，他走来走去，显得格外不安。

学长，你不打算告白吗

看到我的时候，张梓迅原本平静的脸上立刻挤出了笑容，迎上前来。

"迟到了八分钟，不过没关系。坐下吧，我有话和你说。"

我望着那条长椅，懒得多给他一丝笑容，直言道："有什么话你现在就说吧，我一会儿还有事儿。"

"什么事？"他挑眉。

张梓迅长得挺好看的，这一点毋庸置疑。人品都已经这样了，再没有副好皮囊，我这双眼那得瞎得有多彻底。

可他这话问得多余，像是我和他还有什么关系一样。

我说："别绕弯子了，有话快说。"

"你一会儿是要去找纪佑安吗？"

"跟你没关系。"

"有关系！"他突然向前一步，缩小了我们之间的距离，"你是不是喜欢纪佑安？"

"你要是没其他事我先走了。"

"别走！"他拉住我的手腕，突如其来的惯性让我不得不跌在他怀里。

我使劲推开他，张梓迅却是铁了心要箍住我，怎么也不肯松开。

"明书芮，你听我说明书芮，我还喜欢你，"他压住我挣扎的手，喃喃道，"再给我一次机会……就一次好不好……"

"你放开我！"

话刚说完，背后一疼，不知道什么时候被他逼到了树前，眼瞅着那张脸就要放大，我用硬头鞋狠狠地踹了他的小腿。

张梓迅疼得蹲下身，我转身赶紧跑。这时候也不知道该做什么，我能想到的，就只有逃离。

但我撞到了人。

用尽全身力气撞到了别人，别说对方，连我自己的肉都疼，对方没有躲开，反倒是向前走了几步，拉开我捂着头的手。

我推开他，向后连退了几步，抬头看清来人的脸，居然是纪佑安。

张梓迅追过来，看见他，脚步也停住了。

"纪社长，真巧啊。不过，我和芮芮的事情好像和你没关系吧？"

纪佑安铁着脸不说话。

我急忙和他撇开关系："张梓迅，我们两年前就分手了。请你自重。"

"芮芮，有事我们单独说好吗？"张梓迅作势就要过来拉我，我利落地转身，躲到纪佑安的身后。

"你想说的我已经知道了，"我死拽着纪社长的衣服不松手，"我们之间早就结束了。你别再纠缠我了。"

张梓迅不死心，指着纪佑安问我："你是不是喜欢他？"

我心一横，咬牙道："对，他可比你强一百倍一千倍！"

真是要了命了，我当初到底是谈了一个什么垃圾男朋友，才会给自己惹得现在这一身骚。我看向纪佑安，临时拿他出来做挡箭牌，应该不介意吧？

张梓迅不肯罢休，他认准了我是在找借口，于是想过来拉我，哪知道纪佑安一只胳膊把我挡在身后，颇有"别动我的女人"的气势。

我也蒙了，于是在张梓迅吃瘪走了之后，我还是迟迟没有从刚刚

的事情中缓过来。

纪佑安转过身，居高临下地望着我说："你没事吧？"

我当然没事，除了受到了惊吓，能有什么事。

我不确定与张梓迅拉拉扯扯的时候他有没有看到，心里突然说不上来的苦涩。我扯出一个笑容，问他："你怎么来了？"

"田北告诉我的，怕你一个人过来出事。"

这个林小徐！

我挠了挠头，有些不好意思："我能出什么事啊，不过刚才还是要谢谢你。"

他的眼神在昏黄的灯光下变得朦胧，嗤笑一声，像是嘲讽般。

"别说大话了，我都看到了。"

刚刚勉强建立起的自尊心在一瞬间被击垮，我装不下去了，再次苦笑着说："是啊，狼狈吧，可谁让我当初瞎呢。"

part 2

说实话，张梓迅这件事，我还是挺生气的，生气外加没脸见人。

至于没脸见人，我想可能是被纪佑安目睹了那场"前男友图谋不轨"的大戏。

我眼眶一红，越想越想哭。

纪佑安把我拉到那条长凳上，说是吹吹风冷静冷静。

不知道为什么，我突然很想告诉他关于张梓迅的事情。我自己也不明白，是为了和他解释什么，还是在缅怀自己对过往的最后一丝天真。

　　可望着他的时候，我又什么都说不出来，哽咽在嗓子里，像是堵了一个汤圆。

　　他坐在长凳的另一边，低头沉思着什么，仿佛在夜色里染上了沉重的哀伤。

　　不远处的男男女女互相嬉戏打闹着，声音之大，方圆二十里皆可闻。忽然，其中一个男孩子把一个女孩子抱在了怀里，低头吻了吻额头。

　　我看向纪佑安，突然很想知道，他心里那个人是谁。谁会有这么好的运气，能遇见一个这么好的人。

　　还有纪渊，他呢？

　　不知道哪里来的勇气，在这喧嚣的寂静中，我率先打破两个人之间的沉默。

　　"纪社长，你上次说的，你喜欢的人是谁啊？"

　　他望着湖面，像是遗世而孤立的少年。忽然，他又转过头来，认真地看着我。

　　"你心情好点了吗？"那眼神中似乎带着我看不懂的东西。

　　"好多了，谢谢你。有你这样的……朋友真好。"我故意眨眨眼睛，然后发现这样做有点不太好，想吐。

　　他笑了，我能从侧面看见他嘴角勾起的弧度。

　　真好看啊，要是能这样和纪社长一直坐在一起，我永远不过四级也心甘情愿。

　　然而，他的一句话打破了我心里唯美浪漫的幻想。

学长,
你不打算
告白吗

"心情好了赶紧回去,在这里做冰块吗?"

"是……挺冷的……"我扯着笑容起身。

两个人都没话可说很尴尬。回去的路上,我在脑子里不断搜索有关话题,希望尽量活跃一下气氛,于是,心情从制低点到制高点的我脑袋一抽,兴奋道:"纪社长,我给你唱首歌吧!"

"唱什么?"

我清了清嗓子,刚打算开口却忘了真正要唱什么了,短暂性失忆症犯了。于是,借着呼呼刮的北风,我张口就是一句:"北风那个刮啊,雪花那个飘啊……"

他失笑,用手指戳了戳我的脑袋,故作严肃模样:"你就记这些东西记得快,让你背个单词跟上刑场似的。"

"你可以换种方法教我,让我选择安乐死啊。"我顺手摘下一片树上残留的叶子,"这些都还不都是您说了算呢。"

"美得你。"他不屑。

"哎,对了,社长,我有没有和你说过。我在网上报了一个英语学习班,那老师和你一个姓,叫纪渊,不知道是真名还是网名,不过人挺好的。"

纪佑安似笑非笑,沉默了好一会儿才说了句"人好就行"。

和他聊着聊着,不知不觉就到了女生宿舍的门口。那天醉酒之后跟踪"山顶洞人"的记忆还在,我羞于见人,把头埋得更低,不愿意让他看清自己此时的窘迫模样,匆匆忙忙道了句晚安。

我还没走出去几步,纪佑安却突然喊住我。

我问："怎么啦？"

寒风呼啸而至，我怕他高挑的身形禁不住这么大的风，也害怕风吹散掉他的话，又返回去凑近了点。

这样一来，不费吹灰之力，我就把他的话听得清清楚楚。

他说："明书芮，你来追我吧。"

我大脑空白了几秒钟，傻傻地问了个为什么。他解释道："既然你已经告诉张梓迅你喜欢我了，那做戏就要做足。"

我望过去，他笑得很明显，就好像在算计着什么。

即便如此，我也不敢轻易猜测他内心的真正想法，与其想到令人失望的可能性，还不如就这样两宽各生欢喜。

可他这个理由的说服力真的很差。

"我再想想。天太凉了，社长，你还是先回去吧。"

他微微点头，笑容不知道什么时候褪去了。

我脑子里混混沌沌的，像是有人在里面搅了一锅杂汤，数着一层层的台阶到了宿舍门口，手机来了条短信。

纪佑安说："记得复习，要追我的明同学。"

那个后缀直接让我红了脸，当最真实的心事被他戳中时，却有一种甜蜜的忧愁困扰在身上，赶也赶不走，丢也丢不掉。

这样算是什么意思呢？

我正努力让自己平静下来，这时候宿舍门开了，林小徐一边出来一边低头拉衣服的拉链，我使劲拍了下她的后背，她立马大喊大叫着跳起来。

学长,
你不打算
告白吗

　　她被我吓到了,我却被她吓到了,屋里的蒋秀米叼着筷子出来看热闹,人走过来,带出一大股方便面味。

　　"吓死我了!"林小徐紧紧抱着怀里的东西,生怕掉下来,"你知不知道宿管又开始查违规电器了,我们的锅得赶紧转移阵地。"

　　我瞠目结舌。

　　她颇有闲心地和我聊了起来。

　　"纪佑安后来去找你了吗?"

　　我无视掉这个问题,直勾勾地望着她怀里的小电锅。

　　林小徐得意地拍了拍锅屁股:"怎么样?把锅藏在这里是明智的选择吧,这主意还是我想的呢。"

　　"不是啊……那个锅好像漏什么汤了……"

　　"没有啊……啊啊啊!为什么会有方便面!谁用完了没刷锅!"她大喊大叫着,急忙把东西从怀里掏出来。

　　蒋秀米冲我使了个眼色,悄悄溜了回去。

　　宿舍检查突击之后,我们宿舍的电热水壶、电锅以及烘干机全部在这场战斗中"牺牲",林小徐难过得吃不下零食,因为三件违规电器都是她的。

　　不吃零食也换不回电器不是?

　　她在一边哭天抢地个没完没了,我们三个早已经习惯了这样的神经病舍友,保证不超过三十分钟,她就麻溜地去刷电影和韩剧。

　　有时候我也挺感慨的,就好像林小徐,每天看书的时间还没有看电视的时间多,每门课却都能轻松过,尤其是英语四级,一次成功。

纪渊又来催我做模拟题，我今天实在是没心情，想申请休息一天，好说歹说他总算是同意了，也不枉我在纪佑安面前夸了他一通。

只是刚安静下来没多久，电脑又响了，还是纪渊，他问："应该快考试了吧？"

算算日子，的确快了。

"是啊，希望这次能过。要是过了的话，也就不需要再续费课程了。"

打这些话的时候我也没用脑子，发出去之后才觉得不妥。

也就是说，如果我考过了，和纪渊名正言顺在一起胡侃的日子也到头了？虽然并不是完全不再联系，但不知道为什么，我总觉得心里不舒服，像是即将要失去什么一样。可能也是被纪渊折磨得不过瘾。

纪渊那边倒是没说什么，我整个人更混乱了，"噔噔噔"地爬下床，去卫生间冷静冷静。

今天晚上发生的事情，真的太玄幻，我不禁开始思考目前自己与纪佑安之间到底是什么关系，他到底是在开玩笑，还是真的选择我？又或者像电视剧里所描述的，男主角被心爱的人所伤，于是转身找了一个女炮灰。

想得太投入，以至于差点在马桶上睡着，我提好裤子出来时已经是夜里十一点五十五分，头条新闻又推送消息说某男明星与人街头热吻。

我关掉所有电子设备，躺到床上，仔细听了听林小徐睡梦中的几声呓语，带着诸多疑问和好奇睡了。

part 3

对于那天晚上的事情，好久就止步于当时，纪佑安没有再谈起，我也不敢提。

临近考试，复习也紧张起来，他照旧叫我去图书馆。

有这样的朋友，真是不想优秀都不行。

说真的，这段时间以来，我也看到了自己的进步，虽然比起那些英语精英来差了不止十万八千里，但是起码的四级和普通对话已经掌握得完全得心应手。

也亏得这段时间来纪佑安和纪渊费心了。

尤其是对面的纪佑安，我偷偷瞄了他几眼，图书馆里比较热，他不知道什么时候脱下了外套，只穿着合体的白T恤，衬得他的皮肤更白。

瞧这白白嫩嫩的！我心上一动。

还没等我看够呢，他却忽然抬眼，和我的目光迎面对视。我悻悻地将头缩回去。

然而纪佑安轻轻敲了敲桌子，低声道："学累了就放松一下。"

我平静地点点头，心里早已经欢呼雀跃起来，从下午三点到五点，除了上厕所之外，我已经在这个位置上坐了两个小时，如果再不活动一下，我怕自己成为这座图书馆里唯一的雕像。

然而自打上次的事情过去后，纪佑安和我之间的话题越来越少，除了学习就是学习，我甚至都有点怀疑，他所说的让我去追他只是开玩笑罢了。

我去图书馆外围转了一圈，有句话说得好：图书馆内无闲人。大家都在埋头苦学，最不济的还抱着漫画版的历史书记笔记，我去小说区转悠一圈，又灰溜溜地走了回来。

刚一坐下，就看到纪佑安笑得不简单，像是早就预料到似的。

"怎么不看你的'霸道总裁'了？"

我大脑蒙了一下，不过很快便跳了回来，诧异地问："你怎么知道？"

还好我提前压制住了声音，不然现在恐怕已经被同学们的眼刀千刀万剐了。

他捧着书，往小椅子后面一仰，得意极了。

"你什么事我不知道？"

瞧他说得仿佛多么了解我一样。

铁定是他翻我那摞课本了，为了避人耳目，我把小说夹在了里面。

想到这里，我又气又恼，却还有点兴奋。

不到一分钟，他又问了我句："你去吃饭吗？"

终于把这句话盼来了，我摸着早就"咕咕"叫的肚子，心情大好地跟着他出门。

"除了吃你还对什么感兴趣？"

"小说啊。"

纪佑安走在前面，突然停下。

"最感兴趣的不应该是我吗？"

"啊？"

他一本正经道："你现在在追我，不应该对我最感兴趣吗？"

我原地冷静了好半天，才颤颤地说："您这是怎么了？"

"您？把我叫老了。"

"没错啊，因为你刚好在我心上。"

他听了，十分满意，把眼睛笑成了弯弯的月牙："孺子可教也。"

我得意地挑眉："那是当然。"

他伸出手，揉了揉我的头发。

这突然的动作顿时让我风中凌乱。

一路上我俩没话可聊，再加上我心里现在七上八下的，也不知道该怎么聊。

跟在他屁股后面一路，到食堂门口的时候，便已经飘出来好几股香味，我深呼吸一口气，努力地让自己与饭香融合。

纪佑安回头瞥着我，好像有点不情愿。

"你想吃什么吗？"

在确定他问这话完全没有恶意后，我才敢回答他。

不过有关吃什么的问题真是太难有答案了，尤其是现在饥肠辘辘时，感觉吃什么东西都能过瘾。

见他主动提出吃饭，我借机倒打一耙，小心翼翼地问他要不要请我，结果人家十分干脆地回答了一个"好"字，倒是弄得我有点不好意思了，刚刚像是多么小人之心似的。

两份黄瓜，两份米饭，两份汤，然而却只要了一份红烧肉，我望着自己最喜欢吃的东西，心中充满了疑问。不过仔细想想，铁定是因为他不愿吃肉，所以只单独给我买了一份，还真是细心，如果真能做我男朋友的话一定不错。

我望着桌子上的饭菜，感激涕零地连忙道谢，然后指挥着筷子向红烧肉发起进攻，还没正式击中，途中就被纪佑安插进来的一筷子挡住了。

"你少吃点肉，我不希望你太胖。"

"你说什么？"

他表情不自然地低下头，敲了下桌子。

"吃饭！"

到底在讲什么啊他？

当然，纪佑安奇怪的地方还远远不止一个。

最让人纳闷的是他的讲题方式和纪渊很像，甚至两个人的口头禅都是"that is ok"，我几乎开始怀疑他们是同一个人了，可是再仔细想想，又八竿子都打不到。

我曾因阅读理解全部做对一时兴奋，向纪佑安说了这种想法，纪佑安表示不屑，说："当然了，题型都是差不多的，你想让我用什么新鲜方法教给你？"话说着，又扔给我一张试卷。

我怕话说得太多做的题也变多，于是蔫了下来，该干什么干什么去了，但是心里那无数个问号还在大脑皮层里挂着。

备考真是太忙碌了，每天除了学习就是做题，大大缩短了和别人扯犊子的时间，林小徐总是锲而不舍地想要击败我坚强的意志，说什么不用那么拼命，该考不过还是考不过，顺其自然就好。

这可真是站着说话不腰疼，顺其自然也要讲究基础，她看美剧都不需要中文字幕，和我这中英文字幕都对照不起来的能一样吗？

学长，
你不打算
告白吗

　　"你一定有你不得不努力的理由吧？"我笔尖一滞，顺着试卷画出一条弯曲的毛毛虫。

　　至少蒋秀米还会说人话。

　　我低下头，心不在焉地写单词，一边写一边回答她。

　　"我不想让大家觉得我努力了也不行，尤其是那些打算看我热闹的人，和对我充满期待的人。"

　　不知道为什么，说到"充满期待的人"的时候，我脑子里浮现的是纪佑安的脸和纪渊的 ID，他们费了那么大精力在我这里，总不能最后换来只是拔苗助长的结果。

　　也不知道蒋秀米听懂了什么，一副了然的模样，甚至还给我竖起大拇指。

　　林小徐吃着据说是田北买的零食，津津有味。她认真地思考着什么，我没理她。

　　过了一会儿，她轻声说："其实我真觉得你该好好考虑一下和纪佑安的关系了。比如表……"

　　"表白试试吗？"我接话，显出自己的无奈，"我和他之间维持关系的最好方法，就是'NO 作 NO die'（不作死就不会死）。"

　　她再次认真地思考了一下，意味深长道："我觉得你这次英语还是有点悬啊……哎呀！你打我干吗？"

　　这不是欠揍吗？

　　纪佑安为我制定了七天补习计划，说是带着我向六级冲刺一下。

他说这话的时候我正在修改墙画，手一抖把穿裙子的花丛中的少女描上了络腮胡，可是颜色已经上了，我灵机一动，为她戴了一个口罩。

纪佑安还继续说："你现在水平应该可以搞定六级了，试试吧。"

我说我不敢，我没背六级单词。

他说他之前都让我学了。话音刚落，就看到了那位在花丛中戴口罩的少女，直接把我从凳子上拎了下来。

纪佑安让我站在远处看看有多糟糕，说这种画不能被校领导看到，必须改。

改就改吧，我叹了口气，要不是你打岔，我能画成花粉过敏的少女吗？

画完我那份画之后，我刚想去拿四级题重温一下，他却拦住了我，手揣在裤兜里，虽然很帅，但我认为他是在装酷。

纪佑安突然问我："你追过男生吗？"

"追过啊。"我想了想，坦言道。

他脸色变得不太好，我赶紧补充下一句："小时候拿着扫把追着我表哥满街打。"

他笑了。

"你小时候还挺生猛的。"

"没有，"我说，"为了哄你开心瞎编的。"

part 4

我从没想过，在网上补习英语的事情被暴露出来是现在这种场面。

南可轶一脸鄙夷地看着我，连带着旁边人看我的眼神也变了。

"英语社的成员哪有需要去网站上学习的？"

"就是，我们都自己钻研语法。"

"这要是传出去可真给社团丢人啊，大家还以为我们社团是多低的水平呢。"

我手里握着手机，低头看着面前的书本，一句话也说不出来。

几分钟前，我在网上和纪渊讨论起了课程是不是要继续学下去。他表示，如果这次英语四级过了，就不用再续费了，可以自己试着去学。而我觉得，如果没有网络课程的鞭策，自己无论如何也没有办法坚持下去。

正讨论得激烈时，我忘记了今天南可轶主持的 cet 4 预热会，周围还有很多慕名而来的考四级的同学。大概她见我玩手机感觉心里不舒坦，会议还没开始，就直奔过来，一把夺下了我的手机。

她看起来满脸正气。

"明书芮同学，今天的 cet 4 预热会我觉得你应该好好听听，考了两年还没考过，我真有点替你担心呢。"

"把我手机还给我。"

南可轶自知没有夺走我手机的理由，只好乖乖交出来。谁知道她拿出来的时候往屏幕上多看了几眼，界面还停留在和纪渊的聊天上，她皱起眉头，我猛然冲过去，把手机夺了回来。

她看穿了我，丝毫不掩饰眼中的鄙视，嘲笑道："你居然还报那种教基础的英语班？"

这一句话，像是直接戳在我的心上，除了纪佑安以外，社团还没有别人知道这件事。

我不想接受他们异样的目光，英语社团都是挑选出来的英语精英，鲜有人报这种网络课程，更何况，大家都知道，纪佑安平时在帮助我学习，这到底是丢的自己的脸，还是打了纪佑安的脸。

周围人在窃窃私语，我把头低得更低，眼睛只盯着书本上一个地方看，仿佛这样静止下来的自己才能让扔在我身上的话没有痛感。

大惊小怪，我想，他们应该从来都不知道在别人身后拼命追赶是什么感觉吧。

好不容易安静下来，南可轶冷不丁又说了一句："你以为这些不入流的老师能教会你什么吗？"

我像是被什么戳了一下，猛然站起来，望着她："你说谁不入流？"

她一愣，又似乎发现了我的薄弱之处，露出得意的笑容。

"哪个入流的英语老师会去网站啊，我看你是不是被人骗了，我认识的有律师……"

"你的律师还是留着以后给你这张嘴打官司用吧。"我怼回去。

南可轶脸色大变，当着这么多人算是彻底颜面尽失了，她指责我："我只是好心提醒你一下，你这是干什么？"声音突然提高了几个分贝，吸引来的注意力更多了。

我干脆也豁出去，挺了挺胸膛，笑道："我在和你开玩笑，南副社长原来这么小气。"

"别装了，你刚刚那是开玩笑的样子吗？"她抓住我的小尾巴不放，

学长，你不打算告白吗

"明书芮，你可真让我们失望！"

从个人角度已经上升到社团角度了，我不禁赞叹她虚张声势的本事是多么的有一套，在心里暗暗冷笑了声，不服气地再次回嘴："我觉得你真正失望的是纪社长每天帮我补课吧？有本事你也考个吊车尾成绩，你敢吗？"

"我……"

"不好好开会，大家都干吗呢？"

不知道什么时候，纪佑安已经站在了休息室门口，他提着笔记本电脑，冷眼望过来，语气不轻不缓。

也不知道人群里哪位大姐多嘴多舌，嚷嚷了一句"明书芮借助外面的三流网站学基础"，周围的轻笑声连带着讥讽声此起彼伏，我恶狠狠地拿眼瞪了几个。

纪佑安一言不发，直接向会议桌走来，中间还抬头看了我一眼，直瞅得我心里发毛。

南可轶瞅了我好几眼，有种势在必得的样子。

我纳闷她到底在嚣张什么，却还是挺了挺胸膛。

看！来，使劲看！

纪佑安绕桌子走了一大圈，也随之吸附走了大片的目光，他不紧不慢地坐下，拿出电脑，打开。

大家安静了下来，似乎都在好奇会发生什么，人头攒动的社团却落针可闻，静得好像刚刚的一切事情都没发生过一样。

然而祸不单行，偏偏在这最安静的时候，我的手机响了。

当初和林小徐打赌输得惨兮兮，铃声被迫换成了那首风靡全国的神曲《忐忑》，目前在这种箭在弦上的气氛里，唱得抑扬顿挫，有声有色。

大家的脑袋就像在一个水平线上的皮球，哪里有声音，就向哪里不约而同地转过去。

场面一度尴尬得让我想撞墙，抬眼望向纪佑安的时候，他正用一种笃定的眼神看着我，就好像在说"接啊，接吧，怕什么"，于是，自动带入这种假想法以后，我心里似乎有了点底气，咬咬牙直接点了接听。

"纪渊老师，你好。"我说。

"你好，明同学。"

纪佑安的嘴一张一合，我似乎能听到两个声音在耳边传来，一个真实得就像在耳边，另一个还是依旧"娘"得无可救药。

我呆呆地望向不远处的纪佑安，感觉整个脑袋都死机了。

纪佑安讲话的时候，纪渊也跟着传出声音，一定是昨天晚上睡得不好，出现了幻觉。

我作势要挂掉电话，南可轶却突然号了一句"你们俩是不是串通好的"，声音之大，把多余的声音都盖住了。

我算是明白是什么情况了，尤其是在看到纪佑安脸上的笑意之后。

我捂了下耳朵，拍了拍南可轶的肩膀，不留痕迹地炮轰她："南学姐，你刚才破音了。"

她的脸顿时变得像霜打的茄子。

南可轶看起来聪明要强，可每当遇到有关纪佑安的事情时，她外表带有的聪慧睿智全都不复存在，仿佛一个没有脑子的人，只顾着抨

击对她不利的，从不考虑其他。

大概真的是爱情让人迷失心智。

爱情毒瘤坑害当代青年啊！

我发出这种感慨的时候，刚刚出了社团的门，对着宿舍群里就像是说书人附体，嘴"叭叭叭"地还顺带了场单口相声，语音发完后心里痛快极了，当场就包下了宿舍三人今晚的晚饭，爽！

这时，纪佑安的声音悠悠从背后传来："爽什么？"

我吓得差点把手机扔出去，一看到他，又想到关于纪渊的事情，整个人就好像一堆拽烂了的毛线，乱糟糟一团。

我说："没什么，就是有点接受不了。"

他笑："最开始发现我的新学员是你的时候，我也有点接受不了。"

这人把天聊死了，我只好讪讪地笑几声，胡扯了几句没用的，赶紧告辞。

他在我转身的时候一把拉住我的胳膊，动作之快，力气之大。这么说吧，我清楚地听到关节"嘎嘣"叫了一声。

这样的动作有点熟悉，使我不自觉想起了那天晚上的张梓迅，张梓迅不重要，重要的是那天纪佑安说："明书芮，你来追我吧。"

他拉着我的胳膊，强迫我往后退。他稍微靠近一点，我就能感受到那种温热的呼吸，这使我浑身不自在，接连退几步，直至对峙到楼梯后。

社团的人还没走干净，稍微一动恐怕就有人发现，我吓得连大气也不敢出。

居高临下的姿势让我极为不舒服，身高弊端暴露得太明显，他的下巴刚好到我的头顶——距离太近了就是浑身不舒服啊……

纪佑安轻笑，这个年纪男生独有的嗓音近在咫尺，递进耳朵。我从没在一个男孩子的怀抱里待这么久，还没觉得半分反感，就连以前的张梓迅也从没这样过。

他低声问我："不是让你来追我吗？你怎么一直无动于衷？"

我躲掉他的目光，用力把他搡开，头也不敢回地跑掉了。

我也想赶紧追上你，可是每当我勇往直前的时候，总被什么东西牵绊住，甩不开，甚至还会狠狠地摔一跤。

第九章

地 下 工 作 做 得 好

part 1

我和纪佑安很久没联系了。

考完了四级之后，几乎就没有联系过，掰着手指头算了算，最起码也有三天半。

林小徐、赵玥宁她们说，肯定是上次暴露了他就是纪渊，心里不舒服了，躲起来了呗。

我急忙对她做了一个噤声的手势，不提还好，一提这事我就头大。

赵玥宁笑着打趣道："你看，护短了吧。"

哪里护短了？

我不知道她在说什么。

今年的英语四级考试落下帷幕，回想起来，自己和一群大二的小朋友坐在一起还真是年轻了许多，蒋秀米嘲笑我这是在硬拽青春的尾巴。我不管，无论什么尾巴，只要我扯上就总有我的一份。

社团最近的活动少了，大概是因为很多都在准备英语六级，忙起来哪里还有时间顾及小小的社团，再加上期末考试举着大旗也浩浩荡荡来了，不想挂科的优秀青年彻底从吃喝玩乐的台阶上滚下来，投入到学习大军中备战。

也有压力大得鬼哭狼嚎的，就好像林小徐，每天都忙着和田北泡图书馆，为了背书熬出一层层叠加的黑眼圈，回来之后又扯着自己的头发，告诉我她已经秃了。

我放下手中正在刷的鞋，正式问她："田北有没有跟你提纪佑安最近在做什么？"

"哟哟哟，关心起来了哦。怎么不自己去问啊？"她怪笑着，甩了我一脸水。

我要是能自己问还在你这儿打听？她不好好说，我也不想再好好问，索性自己一个人吭哧吭哧刷完鞋子，爬回床上继续看小说。

不去图书馆，没有社团活动，周末起床的动力也随着纪佑安一起无影无踪了，中午订的外卖、零食全靠社友捎回来，衣服不换脸也不洗，这样的生活才维持两天我就受不了了，太平庸太废柴，有点怀念当初备考英语四级时忙碌的日子。

晚上熬到凌晨一点我才去睡,我也不知道自己究竟在熬什么,不知不觉间半个夜晚就过去了。林小徐第二天醒来的时候,我已经顶着黑眼圈在看书了,她揉了揉眼睛,特意问:"明书芮,你没事吧?"

"没事啊,快来迎接新的一天吧!"我说着,用力伸了个懒腰,结果不小心扭到了脖子。

"看来今天也是非常不开心的一天!"我缓了缓,慢慢地下床,披上外套去看脖子了。

刚出门,我似乎听到了林小徐沉重的叹息。

去往医院的路上不太好打车,我本打算坐公交车去的,谁知道这时候纪佑安发来消息问我在哪儿,就跟算好的一样。每当我最倒霉最难堪的时候,他总是莫名其妙地出现。

我说脖子扭了,去看脖子。

他又问了一遍在哪儿,我心说这人是不是消息发重了,他紧接着下面又发了一句我去找你。

林小徐说过,机会来了必须要抓住,所以我老老实实地报了地址。

冬天太冷了,我搓着手站在马路牙子上,路过的每个人几乎都要回头看我一眼,一时间竟觉得自己活像个没人要的孩子。

纪佑安大概十分钟就到了,他过来的时候,我正用树枝扒拉着路面的小石子,想让它们到更不显眼的地方去,好在不知不觉中硌到行人的脚。

棉服的帽子盖过来,我艰难地回头一看才知道他来了。

他蹲下,似乎觉得我有点好笑。

"你在这儿蹲着冷吗？"

我点头。这不废话吗？

"走啊，带你去看脖子。"

他说着，直接拽着我的衣领把我提溜起来，又贴心地站到了有风的那侧。

这天要是再下点雨就好了。

"明书芮，你可真没良心。"路走到一半，他冷不丁地蹦出来一句。

我说怎么了。

纪佑安说："你不是追我吗？怎么总是等着我来找你？这几天我不来找你，你就打算和我形同陌路了是吧？"

我摸不出他话里的温度，却因为他突然间多了很多话感到高兴，总算不再是一个闷油瓶了，和他走在一起，气氛也不会太尴尬。

天儿实在是太冷了，还没等我俩正式说上几句话，我冻得牙齿打战，纪佑安并没有像偶像剧一样把外套脱下来给我，反而是裹紧了自己身上的衣服，那模样就仿佛我会冲上去硬扒似的。

不过最终，纪佑安还是帮我叫了辆车，我这才暖和过来，车内放着轻音乐，开着空调，我挪了挪脖子，整个人瘫在后座上，痛快极了。

他突然问我："你觉得这个车怎么样？"

顺风车还能怎么样？我把这个问题放在脑子里翻滚了一会儿，还是最敷衍的"还行"二字作为结束。

他就坐在我旁边，抬起胳膊顺手推了推我的脑袋，我一晃，脖子有点疼，大叫一声。

中年司机透过后视镜看了看我俩，纪佑安和我挨得很近，此时此刻的我有点像受气的小媳妇，吃了瘪还不敢大声反抗的那种。

司机笑得深意满满，不再盯着那面破镜子，我松了口气，再次瘫在座位上，还顺带挤了挤纪佑安。

不过他还算有人性，下车的时候扶着我的头，大概是在为自己刚刚的恶行将功补过。

到医院，他又和我抢着挂号，我俩来来回回推搡了很久，最终以他不小心碰到我的脖子作为结束。

我也纳闷了，这脖子今天到底招谁惹谁了。

医生说，我只是轻度扭到脖子，还不算严重，平时多休息，稍微好点了就试着活动活动。然后又按照惯例给开了两三种可有可无的药，整个看病过程就结束了。

随后，纪佑安又问我去哪儿，我说回去休息吧。他想了想，表示："也对，你现在属于'易碎品'。"

我真的不想骂人，尤其面对纪佑安，但还是忍不住在心里问候了他大爷。

送我回宿舍的路上，纪佑安再一次挑战了我今天的承受能力，他突然又说："你知道刚刚我为什么问你那车怎么样吗？"

我挺直脖子打了个哈欠，随口道："你喜欢那辆车？"

他说："不，那车是我家的，开车的是我爸。"

他这一句话险些没让我直接把脖子折回去，我只记得那辆车上面有个银色人字形标志，那个开车的司机看起来挺有文化的，但是比较八卦，没想到人家"八"了半天，却是在"八"自己的儿子。

我收住自己的下巴，不让冷风灌进去。

如果我和纪佑安真成了，这第一次见公公连个礼物都没带，会不会落下隔阂啊。

纪佑安突然打断我自导自演的连续剧，他说："这么冷，你还不回去休息傻站在这里干吗？"

哎？管得可真宽哦。

我对他今天贴心的陪伴表示百分之一万的感谢，然后又随口说下次请他吃饭，哪知他却特别认真地答应了。

他表示这可是我追他的第一顿饭，一定要有纪念意义。

我满脑子都是问号，实在搞不懂他所说的纪念意义去哪里找。这时他催着我赶紧回去吧，我往旁边一看，南可轶不知道什么时候出来了，正面目狰狞地望着我俩。

我的脖子再次经受了打击，有我这样大惊小怪的主人，怕是它也要开始哭天抢地了。

刚进宿舍门，宿舍三个人立马跑过来围住了我，蒋秀米甚至还没有来得及穿鞋子，我真替那双脚底板感到透心凉。

我晃了晃手里的药袋子，表示这是药，不是汉堡薯条也不是鱿鱼烤肉。

蒋秀米："我知道！我就想问你，刚刚是纪佑安送你回来的吗？"

我点头。

林小徐："他都开始送你回宿舍了，有情况啊明书芮。"

学长,
你不打算
告白吗

　　"何止送我回来,"我努力蹬鼻子上脸,"看病的号是他挂的,药也是他帮忙买的。"

　　赵玥宁紧紧抓住我的衣服,眼睛里流露出好奇的八卦之色:"快说说,你俩都进行到哪一步了?"

　　我想了想。

　　"那应该是见父母了吧。"

　　她们三个表示,这地下工作做得可真深啊。

　　我笑:"小意思。"

　　part 2

　　我可真是低估了纪佑安的毅力。

　　好友列表里,纪渊头像已经安静很久了,虽然我也知道它没有什么用,但是心里总觉得有一块被抽干了,无论多少个纪佑安也补不回来的纪渊。

　　对我来说,那就像是一场经历,现在,经历里的主角凭空消失了一位,仿佛网络防火墙上的漏洞,伤感的情绪总是从那里悄悄溜进来。

　　纪佑安的头像还在闪动,他让我一会儿下课出去吃饭。脖子好多了,动起来也挺方便的,我说:"我考虑一会儿再告诉你答不答应。"

　　然后无视掉辅导员犀利的目光,我在大脑里自嗨了五分钟,回复了个"好"。

　　也许所有消失的东西,都能够以另外一种方式回到你身边。

　　纪佑安可能觉得我的脖子好得不够彻底,于是,在小餐馆里,点了两份香辣鸭脖让我啃，俗话说得好，吃啥补啥。

他一边吃还一边向我介绍着这个餐馆的文化。

"其实这个小餐馆没什么特色，就是做得挺好吃的，像家常菜，想吃辣可以多放点辣，想吃酸可以多放点醋。"

我对他那句"做得挺好吃的"表示非常赞同，头点得有点晕，他嬉笑问我："你脖子没事了？"

"早就没事了，我可是铁打的身体！"

紧接着，纪佑安又若有所思起来，眸光里还充满了狡黠。他的狡猾来得太突然，我有点费解，想了半天牺牲掉了一大堆脑细胞，赶紧又多吃了几口补回来。

可是突然间，我又想起来一件事——一件非常重要以至于我必须要问一问的事情。

他提前察觉了我的敏感，筷子伸到一半又缩回去，说："你怎么了？"

我："你之前不是说，你有喜欢的人吗？"

这话一问，他的脸色立马就变了。

刚刚如果用满含笑意来形容，那现在就是深深笑意，灿烂得跟提到了彩虹似的。

不至于这么开心吧？

"这个问题，我们吃完饭再说。"

他把话胡乱搪塞过去，直接转移到吃喝上来了。

奇了怪了也，纪佑安也不问问我怎么了，也不关心我四级的成绩，真让人有点担忧是不是快把正事抛到脑后去了。

八卦的血液在我身体里"咕噜咕噜"冒泡,要不是怕他还拉着我去图书馆没命地学习,我真的要好好坐下来和他研究一番,这里面的问号也太多了。

我也不明白自己和纪佑安到底是什么关系,吃饱了饭,他又带我去社团了坐了坐,本以为是那种没日没夜的学习又来了,谁知道他只是让我随便看看。

我纳闷地问:"看什么?"

"看你画的这些画啊?也就再看半年,我就毕业了。"

"那跟我有什么关系?"

纪佑安直瞪我,我知道他把我的话理解错了。

我的意思是您看不见这些画,为什么要我过来看看。

刚想解释的时候,他进了休息室,我好奇地望着,他向我招了招手。

我这才确定刚刚那句话对他没太大影响,反正不会在我过去的时候把我一巴掌拍死。

休息室的桌椅都动了,还安上了窗帘,我想一定是前几天有人整理过了,比从前冷清的办公风格多了几分温馨感。

纪佑安示意我坐下。

沙发被挪到了靠窗很近的地方,阳光正好倾泻下来,缕缕光丝折射到面前,仿佛镀上了一层金色的滤镜。

纪佑安从他身后的橱窗里拿出一个大袋子,里面装满了东西,看起来像书,不会又要做题吧?我的心脏很配合地颤抖了两下。

他特爽快地把袋子放到我面前,说:"这都是你做过的试卷和练习题，我都没舍得扔。"

我实在不知道应该哭还是应该笑。

纪佑安始终带着微笑，我抬头的时候，目光正好和他相撞，从角度来看，那缕阳光正好从他头顶上折射下来，变换成五颜六色，带着种说不出来的美好。

我从纸袋子里抽出一张试卷，上面还有他勾出来的红色记号，某道经常做错的题后面，还有他写了很多遍的语法和词义。

我经常在做题的时候放空，不知道为什么，看着纸上印的"O"总觉得很难过，它是一个圆，可是就算外表砌得再圆满，也改变不了心里空荡荡的事实。于是，强迫症上身的我，总会在溜神的时候用黑色中性笔把它们涂满，为此纪佑安不止一次地夸我："可真是闲。"

我那时候还是个视他为白月光，甚至对着他连大喘气都不敢的小学妹，努力扮淑女，争取打不还手，骂不还口，以此成为一种障眼法，不求喜欢上我，只求能对我印象好点。

现在再看当初做的试卷，就好像已经是很久很久之前，明明才几天的时间，人的心情转变也太快了。

我继续往下看，那张卷子的选词填空和这次四级考试的题型差不多，我暗自对了一遍答案，心里突然有了底。

对面的人仿佛早就知道我在干什么，我那口舒心的气才吐到一半，就被他打岔给噎了回去。

"怎么样？全对了吧？"

我点头，不知道为什么有点不好意思，还顺带学那些电视上可爱

的女孩子挠了挠头。

不过效果不太理想,因为他表情不太平静,可以说是扭曲,他坦白地告诉我:"以后你别这样了,挺硌硬的。"

今时不同往日,我差点把那张试卷甩在纪佑安脸上。

奇怪的是,对于欺负我这件事,他总是乐此不疲,每次还都能创造新高度。我以前只认为他身上有小说男主里的高冷和优秀,没想到扒下那层假皮下来,露出的是闷骚加闷骚。

不过我还挺高兴的。

说真的,要不是他这次提醒,我都没发现,自己原来真的没仔仔细细观察过社团。

这个纪佑安一手发展起来的地方,随着他从稚嫩走向成熟,从一个冷清到连书本都没有的活动室,到现在这种书本放不下的大社团,也经历了不少的小风小浪吧。

让我印象最深的就是,当众评选副社长的时候,我和南可轶得到的票数相同。南可轶是纪检部的成员,平时没少得罪人,众望所归最后胜出的人是我,可纪佑安手里最后宝贵的一票却投给了她。

大家当时的确很不满,有人说:"明书芮虽然英语成绩不好,但我觉得她平时处理起来问题真的有效又利落。"

纪佑安没表态,这个事一直成了我心里一个结,况且那一阵南可轶整天缠着他,自然而然地,也在很多人心里成了疙瘩,偶尔没事还翻出来八卦八卦。

纪佑安坐在那里,俨然一副事不关己的模样,过了半晌,似乎觉得我参观得实在无聊，他表示如果我不介意的话，可以一起去听教授的英语课。

我真的不明白，一个语言方面的专业到底研究什么要学这么多。

听他简短的介绍，我就感觉大脑想休眠。

"算了吧，你们专业的课，我又听不懂。"

他套上外套，又把衣服扔给了我。

刚出了门，纪佑安套住我的脖子，拖着我就往老教学楼走去，不管我的挣扎，也不管旁边到底有多少双眼睛。

我一边被拖一边想，为什么以前没发现他是这么霸道的"生物"？

果然不出我所料，坐在教室里，看着那群听课记笔记记到飙写字速度的人，我甚至有点怀疑自己是纪佑安拉来打酱油的特别嘉宾。

闲得没事干，我拍了张我俩的照片放到社交动态上，并配文字："好好学习，天天向上。"

很快，纪佑安在下面回复了。

"听课！"

我抬头，看他旁若无人地在玩手机。

我用胳膊顶了顶他，压低声音："你不听课吗？"

他模仿我偷偷摸摸的猥琐样，也压低了声音："我都会了。"

好的，您是大佬。

part 3

舍友们非说，我现在是在和纪佑安谈恋爱。

虽然我也十分想承认恋情，但事实是真没有。

林小徐近期被人说有点驼背，于是便在地板上练着她新学来的瑜伽，说是能够保持优美的体形。

其实只要她少窝在床上看那么多的韩剧美剧肥皂剧，比做一百套第九套广播体操都管用。

田北最近要过生日了，她现在挑礼物挑得焦头烂额，男孩子的生日礼物最不好送了，手表？他有太多了。球鞋？他更多。

林小徐好不容易相中一个杯子，还憧憬着寓意，杯子就是一辈子的意思。

买回去还没焐热乎，赵玥宁毫不留情地戳开那美丽的说法："其实杯子就是'杯具'的意思。"

林小徐气得不轻，发誓再也不理赵玥宁，然后把那套价值889元的杯子放在宿舍一角养花了。

倒是真舍得。

田北过生日，我要不要送点什么东西呢？不送的话太不懂礼貌，好歹当初朋友一场，还在一起吃过饭。送的话，林小徐那边会不会心里不舒服？

俗话说得好，防火防盗防闺蜜，男朋友和闺蜜之间永远是一个说破就破的存在。

于是，在纪佑安又一次强迫我去台球厅赴约的时候，我说出了这个难题。纪佑安嘲笑我想得太多，林小徐大大咧咧的，怎么可能会计较这么多。

他真是太不了解林小徐了。

我不懂台球，只觉得男孩子专注打台球的样子真的挺帅，尤其是纪佑安这样的，本来长得就好看，注意力一专注起来，更帅了。

看着那些五颜六色的球进洞里，我只觉得越来越有趣。

这时候，纪佑安说："你别送了，我以咱俩的名义买一份礼物。真是便宜田北了。"

我还在茫然中。

"以什么名义我们俩可以买同一份？"

他差点举起台球杆来敲我的头，还好我伸手快，往后缩了一下就躲过去了。

纪佑安再次进了一大摞的球，作为唯一的观众，我十分配合地给他鼓掌。

不是我不知道他什么意思，而是我想听他亲口说出来。

这时候纪佑安叫我，让我过去陪他打一把。

我接连摇头："不行不行，我不会。"

"笨死了，过来我教你。"

我想说就算你教给我，我也不想学。

话还没来得及出口，纪佑安突然一把拉过我的领子拽过去，塞到了他怀里，继而要求我握杆子。

我的手刚放上，他的手随之就覆盖了下来，关键是我还在他怀里！第二次近距离接触了，但我还是忍不住心慌，心跳得噼里啪啦的，好像再跳下去都能放出鞭炮来。

他身上的味道太好闻了，我一点都不夸张，男孩子身上的气息和女孩子不一样，也许我是一时新鲜，但确实让人心情瞬间变好了。

我一边受他指导一边开始胡思乱想，这不就是电视剧里的情节吗？待会儿万一他捧着脸说喜欢我，那我也就勇敢一次，冲上去，亲住他的嘴！

绝对不能再厌了！

我暗暗给自己加油打气，这时候他却忽然趴到了我耳边，一说话就吹了一口热气，搞得我整个身上的鸡皮疙瘩都起来了，下意识地缩了缩脖子。

他轻声问："你想什么呢？"

条件反射，我敏感得要推开他。

纪佑安却搂得更紧，甚至都捏住了那堆肥肉。

又过了一会儿，在我失败进球第 N 次的时候，他说："你的心脏应该能把你的胸腔敲出一个窟窿来了吧？"

我脸本来就红，被他这么一说，红得更厉害了。我赶紧推开他，跑到洗手间冷静冷静。

过了一会儿，感觉脸没那么红了我才出来，他早已经买好了两杯柠檬水，坐在吧台前，招呼我过去。

"感觉好点了？"

心里知道就好了，为什么非要问出来！

我不服气，吸了一口柠檬水，别开脸说："你耍流氓！"

"我这不是教你呢吗？"纪佑安一脸正经，好像真正想歪了的人是我，他什么都没做一样。

我现在真的不想理他。

过了很久，纪佑安才从旁边不紧不慢地说："你追我这件事，可以到此为止了。"

我捏瓶子的手一顿。

什么意思？

他继续说："我们可以进入下一个阶段了。"

如果我没想多了的话，那就是这个样子了……

中午出去吃饭的时候，我和纪佑安很"荣幸"地遇到了宿舍其他三人。

第一眼看到的是林小徐，她瞪圆了眼睛，张着大嘴巴望着从门里进来的我俩。

纪佑安问我："你想吃点什么？"

我说都行啊。

林小徐举着胳膊，奋力朝这边打着招呼。

"明书芮！纪学长！这里！"

我心里"咯噔"一下，心想：完了。

林小徐的嘴通常都没有什么把门的，再加上一个默默在旁边开刀的赵玥宁，估计这次我真要挂在这里了。

纪佑安抬抬手，示意我："你舍友，过去一起坐吗？"

"去吧……"她都喊了，要是再不过去，整个餐厅里的人都会找明书芮和纪学长是谁。

纪佑安又点了好几份菜，桌子上都快摆不下了，他这才停手，顺带把单给结了。

林小徐整个过程中冒着星星眼，表示纪学长真的很"壕"。

趁着他去前台买东西的空当，我安慰下众舍友这真的只是小意思。

赵玥宁满脸惊奇，想必刚刚一定憋了很久了，人前脚刚走，她后脚就问："你们俩现在这是什么关系？不会真把纪社长勾搭到手了吧？"

我仔细回忆了一下他之前说的话，犹豫着回答："好像还真是……"

林小徐突然大叫一声，像是受到什么刺激一样，搞得在前台付款的纪佑安都忍不住回过头看了看。

我伸出手示意大家淡定。

"不好意思，不好意思，别误会，她咬着舌头了！"

纪佑安似笑非笑，别过头去继续忙他的了。

我说："林小徐你干什么，就不能小点声！"

"我太激动了嘛，宿舍里唯一的单身狗终于有主人领养了。"

如果不是因为纪佑安在场，我想我已经把筷子敲在她头上了。

蒋秀米眼泪汪汪道："没想到你还真能撩到男神，狗屎运啊。快给我点'欧气'，让我找一个新男朋友。"

她伸出手来，我不敢和她客气，上去直接狠狠地拍了一巴掌。

这时候纪佑安回来了，他在其他三人诧异的目光中，顺其自然地坐到了我旁边。

"聊什么呢？"

我赶紧抢话："这家的菜挺好吃。"

"是吗？"他夹起一筷子鱼香肉丝，"比上次我带你去的那家还好吃？"

蒋秀米："什么？"

赵玥宁："上次？"

林小徐："哪家？"

我和纪佑安面面相觑。

这顿饭最后以大家尴尬癌快犯了作为结束。

结束之后，纪佑安坚持要送我回去，我一看旁边那三个人眼睛里的八卦都在放光。

"不用了，我和她们一块回去就好了。"

纪佑安看了看时间，又问林小徐："田北说明天什么时候过生日了吗？"

林小徐此时大脑好像已经有点短路，她想了半天才说："订的是明天晚上七点，××酒店。"

他矛头又指向我："听到了吗？"

我："？"

"提前二十分钟我过来接你。"

纪佑安走后，我就成了轮流被围攻的对象。

大家表示像我这样默默谈了恋爱还不炫耀的人不多了，所以，现在被大家揭发了私情，是不是该请客吃饭了？

这群人实在是不好糊弄，我只好答应下来，试想着哪天有机会的话顺便再揩一把纪佑安的油水。

临睡前，我又从被窝里爬出来，摸起了手机，给纪佑安发了晚安。

我不管，我认为自己现在是他的女朋友！

part4

田北过生日，自然少不了林小徐。

她化好妆，冲我们显摆她特意买的新裙子。

赵玥宁不怕死地说了一句："哟，你肯定是今天晚上的花魁。"

林小徐气得不轻，拿起扫把满宿舍打她。

我坐在床上看热闹，指挥她："哎，这边这边——不对，那边那边……"

这时候手机铃声响了。

"喂，纪社长。"

"十分钟之后，我去你宿舍楼下接你。"

"可是现在才四点半啊？"

众人不知不觉都安静下来，听我讲电话。

"我想见你。"

"啊……那好吧，我赶紧收拾收拾。"

挂掉电话之后，林小徐咧着嘴装腔作势："我想见你哦……"

这些人可真烦。

我穿戴好出门，纪佑安已经早早在楼下等着了。

我问他你来了多久了，他说差不多二十多分钟吧。

"那你怎么不给我打电话叫我下来？"

他表示自己等一下也没关系的。

可能是因为一个肯为你浪费时间的人来之不易，听到他这话，我竟然有点莫名感动。

纪佑安很自然地牵起我的手。

"上车，我带你去买点东西。"

在还没来得及问买什么东西之前，我先打量了一番那辆车，果然和上次送我们去医院的那辆一模一样，这么说的话，上次那位还真是纪社长的爸……

纪佑安把我塞上车，直接去了市中心的广场。人来人往，匆匆忙忙，第一次出门逛街还被人拉着，我心里满满的安全感，反复问他到底要买什么。

"送你点东西。"

我顿时停下来，推开他的手。

"这又不过生日也不过节的，你送我东西不太好吧？"

他拧眉看着我。

我赶紧又说："我知道咱俩现在相当于男女朋友的关系，但是你能让我缓一缓吗，这个进度实在是太快了。"

纪佑安想了一会儿，好像顿时松了口气，说："那好。"然后还是拉着我往里走。

我刚刚表达得难道不清楚吗？

田北的生日宴上男男女女很多，我也不知道谁是谁，所以干脆寸

步不离地跟着纪佑安。

林小徐今天晚上像是变了一个人一样，平时的嚣张跋扈都被那一身衣服盖住了，显得落落大方，还时不时地和旁边"珠光宝气"的女孩子聊上几句，显得知性又优雅。

我大老远望过去，她正好和我对视上，然后十分不正经地朝我眨眨眼。

小样儿，装得挺像啊。

田北在一群人中间周旋着，我看着那些互相碰杯的男男女女，心里突然有点反感这种场合。

这时候，他又端着杯子跑了过来，说是为了感谢纪佑安参加他的生日宴，真是太给面子了。

我还没有反应过来怎么回事，田北就开始向我解释："你的纪社长啊，能在这种场合看到他的影子真是不容易。要是给足我面子，今天晚上得不醉不归啊……"

我瞄着纪佑安，心里对那句"你的纪社长"回味无穷。

刚放下杯子，我贤妻良母的劝酒话还没说出口，纪佑安就说："不好意思，我们还有点事，先走了。"

田北对此感到十分惋惜，早知道我俩要早退场，就不说刚刚那句话了。

从酒店里出来，虽然冷了点，但我感觉自己重获新生，浑身轻松。

纪佑安拿起车钥匙，笑着看我："走，我带你去吃点东西。"

我以为还是回去吃家常菜或者什么面之类的，结果这次直接去了一家西餐厅，而且据说有本市最贵的牛排。

我看着头顶上的牌子，犹豫了好半天，他回头问怎么不走了，我说要不我们换一家吧，这个我有点消费不起。

纪佑安直接拉起我的手，还拨了拨我的头发。

"你傻不傻，我请你吃。"

"那怎么好意思，前几次都是你请我的。"

"还差这一顿？以后我们在一起什么都是我买单。"

他话说得太长远了，好像藏着无数的未来。我忍不住心动，要是真的能和他一起度过余生真是人生中最幸运的事情。

最幸运，我能够遇到你。

为了表彰他能有这种往后余生的觉悟，我便厚着脸皮去了。

要是直接还钱的话，纪佑安肯定不收，我心想着，圣诞节和元旦都要到了，一定要送给他一份大礼。

餐厅的服务员非常周到，不断向我们两个推荐情侣座，纪佑安倒是没什么，问我要不要过去。可当我看见那些饭吃到一半就开始卿卿我我的小情侣时便后悔了。

我和他都属于慢热型，还没想过什么时候进展到下一步，身处于那种环境只会让人觉得尴尬。

两个人的烛光晚餐总是很漫长，吃到一半的时候，一看时间，已经过了十点了，学校早就门禁了。

我本来还想着，今天晚上可能要住在外面了。纪佑安在对面就跟会读心术一样，淡淡地说："今天晚上别回去了，住我那里。我的房子

就我自己住。"

我一愣，赶紧拒绝。

突然之间多了几分尴尬，谁也不知道该再说什么，沉默了很久，气氛挺让人难受的。

然后，他百年难遇地打破了这种局面："你一个人住外面不安全，现在你有两个选择，第一个是去我家住，第二个是我和你一起出去住。放心吧，我不会对你做什么的。"

他强势的口吻仿佛霸道总裁附体，我讷讷地问了句："可以有第三种选择吗？"

"你说呢？"

"那……那去你家吧……"

反正横竖都一样，还花那种冤枉钱干什么。

吃饱饭之后，按照刚才说好的，纪佑安开车去了他家。

小区的环境十分不错，楼下有假山假河，小区里的树还不少，虽然这个季节都成了没毛的秃子，但可以想象到它们夏天枝繁叶茂的样子。

纪佑安锁好车，带着我坐电梯上来，出了电梯门，左边那家就是，我看了看门上的牌子：501。

门上安装的指纹锁，他把手指放上面轻轻一按，说："进来吧。"

长这么大第一次孤身一人去男孩子家，我当真有点不习惯，他说："随便坐吧。"

和我想象中的冷清完全不一样，客厅用的都是暖色系的壁纸，头顶的水晶吊灯放出温柔的光，电视旁边还有一个大大的鱼缸，几条红鲤在里面晃来晃去。

我像是好奇宝宝一样，在沙发上坐了很久，研究了半天，才想起来没有洗漱用的东西。

我喊了一声，纪佑安从中间那间屋子里出来，问我怎么了。

"我得下楼一趟，买点用的东西。"

他想了想，让我先等一下，然后闪人不知道去卧室里干什么了。

不一会儿，他提出来一个袋子，一件一件地摆给我看。

"这是新的刷牙杯，新的牙刷，我留着备用的。这套护肤品，本来打算送给你做圣诞节礼物的，你先用，我再给你买别的。"

我有点惊讶，看着那些东西居然不知道该说什么好，好多话从嘴里憋了半天，出口就成了"谢谢"。

我把那蓝色的刷牙杯摆在洗手池上，和他的靠在一起，一模一样。

真像在一起过日子啊。

正沉浸在纪佑安的浪漫中，他突然喊我："明书芮，另一个房间还没收拾好，你先住我那间。"

"不用太麻烦的，我凑合一晚就行。"

躺在他的床上反而睡不着了，我坐在房间里看书，他敲敲门问："你洗澡吗？我这有好几条新毛巾。"

一说洗澡，我脸"唰"的一下就红了。

"先……先不洗了……"

"那你出来拿点水果。"

"好。"

我出去的时候，他刚放下东西，还没回房间。一身家居服，头发湿漉漉的，还在滴水。

纪佑安拿着毛巾搓了搓头发，别别扭扭地道了句晚安，然后进屋了。

"晚安。"

我望着茶几上的那盘水果，仿佛在喃喃自语。

第十章

—

匆匆忙忙就过去了

part 1

时间过得真快。

我还记得去年考完四级从考场里出来的时候，有种脑袋里的水被放空的感觉。

而今年，刚考完四级没多久，就迎来了大四的毕业典礼。

这二者之间没有必然的联系，是我强行把它们放在一起的。

去年考完四级，还在想怎么才能再接近纪佑安。今年，他就要离开校园了。

学长，
你不打算
告白吗？

毕业典礼如期举行，纪佑安本来不打算去参加的，可奈何作为学校的优秀毕业生代表，要上台发言。

我坐在台下，看着一个接一个的节目表演，不由得开始思考明年自己毕业的时候会是什么样。

林小徐更是抓着田北的胳膊，眼泪汪汪："你们真的要毕业了啊？"

"你傻啊，毕业典礼都举行了。"

本来伤春悲秋的气氛被田北一句话破坏掉了，林小徐抹了把眼泪，瞄准他腰上使劲掐了一把。

我坐在这两人的后面看得清清楚楚。

这时候一段民族舞结束，舞台上灯光明亮得耀眼，想走个神注意不到都难。

我还没看清，林小徐先大声地叫起来。

"明书芮，纪学长哎！"

为了避嫌，我没回应她。她可能以为我没听见，嗓门大得恨不得给多媒体馆掀了房顶。

"明书芮！你男人上台了！"

我猜她这一嗓子起码方圆十个座位都听到了，我装作端庄大气的样子，冲好奇的甲乙丙丁致以最温柔的笑容。

可真有她的，我心里的小人龇牙咧嘴：回去肯定得撕掉她的嘴！

纪佑安捧着红色文件夹，站在讲话台前，对着麦克风做着毕业演讲。

我从没见过身着正装的他，比平时温润的少年多了几分成熟冷冽，就像是漫画里走出来的完美男神。

我突然有点恍惚，不敢相信，站在全场最高处，受万众瞩目的佼佼者，是我的男朋友。那个活在所有人的鲜花和掌声里的男孩子，那个大家眼中遥不可及的男孩子，他的心里，有我的一席之地。

　　"大学四年，再多的实验探究，再多文学报告，都无法压垮时间的洪流。我相信，每个人离开时都会多多少少有点空缺。在这之前，我的空缺就是没有更早一点遇到她。不过迟到了也没关系，既然你已经来了，终点也就是你……"

　　听到纪佑安这番话的时候，林小徐显得比我还要激动，她扭过身子搡我："明书芮，明书芮，说你呢！"

　　我没有回应她，我害怕一开口，眼眶里的泪珠就会滑下来。

　　演讲结束，台下一片雷鸣般的掌声，不知道是不是心理因素，我觉得，大家送给他的掌声，比之前任何表演得到的掌声都要热烈。

　　林小徐还在不断地骚扰我："你看，纪学长多浪漫，你这回去之后得给他点奖励吧？"

　　台上，纪佑安递给女主持人主持词，不知道对方是不是有意碰了碰他的手。

　　林小徐："那你准备回去奖励他什么啊？"

　　"把他'爪子'剁下来！"

　　话说得狠，等他来了我也不能尿。

　　不，主动出击，得过去找他！

　　我顺着过道小心翼翼地走，在不小心踩了两位朋友的脚之后，成功溜进了毕业典礼的后台。

呵，果然。

那一堆堆的演出服和满天飞的化妆品真是应了那两个字：狗窝。

化妆间不大不小，但就像是迷宫一样，在这促狭的空间里开了无数个门。

迷茫、烦恼、不知所措的我还是决定敲门。

我轻轻敲第一个，没人理我，里面传来吃螺蛳粉的声音，透过门缝悄悄一看，我赶紧把头缩了回来。

什么都没看到什么都没看到……

看来是谁家要毕业的小情侣，憋不住了。

有了刚刚的心理阴影，我再也不敢去胡乱敲门了，一屁股坐在休息区，拿出手机给纪佑安发了个消息。

"我在化妆间，你在哪儿？"

他很久都没回我，我也没听见哪里有手机响的声音。

去哪儿了？

我看着时间，再等上五分钟，如果他不过来，就放弃这次的主动出击吧。

两分钟还没过去，后面有人突然拉起我。经过张梓迅那件事，我对任何突然的肢体接触都表现得十分敏感。刚想脱开，一看是纪佑安，便任由他连拉带拽地把我薅走。

他带我来到了储物间，比起外面，这里简直不要整齐干净太多。

我把他换下来的西装从地上捡起来，问他带我来这儿干吗？

"这里不会有人来。"

"可是毕业典礼还没结束呢。"

"我不想看他们表演。"

"那怎么行？这可是你四年青春的句号，得画得圆满一点。"

说着，我推了他一下。他不为所动，却用了比我更大的力气拉了我一下，我重心难稳，在撞到他怀里的一瞬间，这家伙来了个完美转身，我直冲着墙拥抱过去。

纪佑安搂了搂我的腰，我总算是没趴墙上，还没在这场连环漂移中反应过来，他的嘴就堵上了我的嘴。

亲了！

我注意力集中不起来，甚至还在想，今天真新鲜，看了别人接吻，自己也过了把瘾。

纪佑安就像是饿了一样，不断地往前顶，后面硬邦邦的墙面硌得后脑勺疼，我试图推开他一点。

纪佑安突然睁开眼睛，瞳孔漆黑，在这种情况下与我对视。

我赶紧躲开，不知道他是不是故意的，却在我嘴上咬了一口，不轻不重，却让我将注意力全都集中到了该集中的地方。

这男人的报复心也太强了，这要是以后生活在一起，我肯定占不了上风。

要是有人事后问我，接吻是什么感觉，我肯定会说晕。

从开始到结束，晕晕乎乎被他亲了一通，我还在担心自己有没有口臭，可别熏着人家留下阴影。

谁也没告诉过我这种事结束了该怎么办，纪佑安还摁着我的胳膊，

我们两个谁也不敢直接看谁，趁着空荡偷瞄了他几眼，他的脸也红得彻底。

我说："要不……你……你先起来……我有点累……"

他急忙松开我，点头，说好。

"你的演讲我都听见了，是……是说的我吧……"

"除了你还能有谁。"

"那个……挺好的，挺好的。"我尴尬而不失狗腿地笑笑。

他突然扳过我的身子。

谁能告诉我，为什么谈个恋爱心脏病都快出来了。

"你知道我为什么不想去看她们表演吗？"

"为什么啊？"

"因为我觉得她们都不如你好看。"

太虚了，这话说得太虚了。不过对我而言却是相当受用，被情话冲昏了头的我一开心，抱着纪佑安的头又是一顿啃，动作之麻利，让我想起来过年炖的猪蹄。

啃完他后，我肚子咕咕叫。

为了不让莅临的领导们发现，他带着我从后门溜出去，去吃那家最爱吃的家常菜。

走在路上，我像一只找到方向的小鸟，以前平凡的花草树木，似乎都在这个美妙的晚上，变得让人欢喜起来。

"纪佑安，我是你的女朋友吗？"

"是。"

"你说什么，我听不见。"

"神经病啊你。"他望了望四周，一把拉回正在放飞自我的我，"别让人发现咱俩跑出去了，女朋友。"

我踮起脚，趴在他耳边："你可真调皮。"

"什么？明书芮，给我站住！"

有时候，生命真的很奇妙。你不知道你会在什么时候遇到什么人，也不知道他在什么时候成为你未来的一部分。

他说，终点也是我。

那暂时就不剁他的"爪子"了。

part 2

毕业典礼之后就是元旦，过完元旦就快到了期末考试。

备考的紧张气氛越来越重了，我抱着课本看着连洗衣服都在背书的赵玥宁，心道不至于吧，高考的时候也没见人这么夸张啊。

"叮——"

电脑一响，我急忙扔下书。

纪佑安说："老地方见。"

所谓老地方，其实就是图书馆二楼。我觉得有点落差，人家口中的老地方都是奶茶店小河边什么的，那叫一个浪漫，怎么到了我这里却成了图书馆。

赵玥宁："明书芮，现代文学知识串讲最后三点是什么来着？"

"我不知道，我要出门。"

学长，
你不打算
告白吗

　　我拿起一个盒子就往外跑，赵玥宁跑到前面来看了一眼，叹气说重色轻友。

　　敢情这人忘了自己当初和男朋友精彩的表现了？

　　这一路跑下来，我感觉自己得瘦十斤，沉浸于体重可能会下降的喜悦中，然后又"噔噔噔"地爬上了二楼，纪佑安果然坐在那个角落里看书呢。

　　那地方采光好，环境好，气氛也好。

　　唯一不好的就是斜对面有几位小学妹，想必是在毕业典礼上看到了纪佑安的表现，看似专心学习，实际上一直在偷瞄他。

　　作为过来人，我还不了解这一套？

　　纪佑安这时候偏了偏头，正好看到我，冲我挑挑眉。

　　我使了个眼色，然后用恨不得挤出屁来熏走她们的力气坐了过去。

　　"今天不忙你那论坛的事情了？"

　　"差不多都结束了。"

　　"你可真无聊，约个会都来图书馆。"

　　"这还无聊？"

　　他拿出一封信扔在桌上，语气平静地说："计算机系的某同学让我给你的。"

　　这时候万万不可轻举妄动，我张着嘴巴想了半天，问了句男的女的？

　　他一脸的不怀好意，反问我："你说呢？"又补充着，"快打开看看吧，人家的一番心意。"

既然他这么说，我也就不客气了，刚拆开一个缝，对面便袭来要杀人的目光。

我一哆嗦，直接把信咧了道口子。

他笑："撕了它干什么？"

谁说女人变脸快了？他这可比川剧变得还快。

看这架势，我要是说不小心扯的他一定会冲上来撕了我，所以趁机附和："没用的东西，看什么看？"

我把手里的盒子递给他，让他打开看看。

送男朋友礼物这事，大家都没什么经验，在我咨询了宿舍里的诸位之后，还是决定按照自己的想法来，于是，就仿照电视剧里谈恋爱，给他织了条围巾。

后来那条围巾没织好，又不小心拽秃了一块，从此变成了毛巾。

学艺不精，于是又跟着林小徐学了好多天，才终于掌握了织围巾的精髓，一口气织了两条，我戴了一条，另一条，就是面前这个。

不出所望，纪佑安打开之后果然问我："你织的吗？"

我急忙点头，已经在心里想好了怎么虚心接受他的称赞。

"可真丑啊。"

纪佑安一边说一边戴上，我火气上来，一把拉住围巾，不轻不重地拽着。

我不敢使劲拽，有点……呃……有点舍不得。

他又说："不过我挺喜欢的。"

我心里这才舒坦下来，忍住了把这人勒死的冲动。虽然本来也没

打算使劲勒。

　　送完礼物也就没什么事了，纪佑安让我赶紧把不扎实的地方复习复习，本来还打算和他胡侃几句，被他这么一说倒是觉得自己太不务正业了。

　　跟着这样的男人，何愁考试挂科。

　　也不知道从什么时候开始，身后那几位姑娘开始窃窃私语，隐约能听出来讨论关于我和纪佑安的事情。

　　这让我突然想起上次爬山时候遇到的那位学妹，时间好像过去很久了，不过算起来却只有两三个月，学校里也没有再遇见过她，在我心里，这位学妹早已经没有姓名了。

　　哎？现在的年轻人喜欢一个人都要表现得这么明显吗？

　　比如身后这几位。

　　还没一起来攻击我呢，内部都要打起来了好吗？

　　我把手里的课本一放，推了推纪佑安的书。

　　他把书移开，看着我："又怎么了？"

　　我用眼神瞥过去："你能不能管管你这桃花运？"

　　他眼中满是疑问，挑眉，仿佛还没有明白过来到底发生了什么。

　　我干脆不解释了，有点闹心。

　　过完元旦，又参加了几场聚会和活动，再经历一场把人榨干的考试，新一年的寒假，就这么悄然而至。

　　这是我上大学以来过得最快的一个学期。

到了放假的日子我就回老家了，纪佑安问我为什么不多留几天，难道不想他吗。

我掰着手指头算了算，除了收拾东西，除了来回车程，我能在家待的时间差不多一星期，这对十分疼爱我的老爸老妈来说，简直是新年的疼痛。

高铁站来来往往的都是小情侣，即将分别，你侬我侬的，我和纪佑安就不一样，他说你可终于走了，我请你去吃小别饭。

"看来你是迫不及待要桃花朵朵开了？"

他揪着我的衣领，颇有打架的气势。

"再说一遍我就让你走不了信不信？"

"哎呀，人家只是开个玩笑嘛……"

他戴着我送的那条围巾，还挺好看。

从前，我对他如拥至宝，喜欢得小心翼翼；后来，虽然熟络了，但又刻意客气。万万想不到，我和他那种相敬如宾的假恋爱还没谈几天，就变成了现在这个称兄道弟的鬼样子。

可我还是很害怕，怕他有一天腻了，突然把我丢在大风里，任它东西南北风把我吹走。

也许是因为经过上一次失败的恋爱，对待爱情，我变得十分小心翼翼。

坐上车回去的时间过得很长，以前"嗖"的一下就可以飞走的三个小时，今天却让人觉得像是过了三年。

林小徐听到我发的语音时，我刚从高铁站出来，拖着大箱子正往

回走。

　　她笑我:"哪有人形容三小时为三年的?"

　　我啊,我就是第一人。

　　紧接着,她又噼里啪啦对我进行了一顿深刻的思想教育。

　　"你说你好不容易放假,为什么就不能就在 A 市多陪他几天呢?"

　　"我倒是也想啊。"

　　怪就怪我提前告知了家里放假的日期,就我爸我妈那脾气,恨不得放假时间一到,用手一薅就把我薅回去。

　　虽然父母早在我五岁时就给我添了一位妹妹,但还是一如既往并一丝不苟地爱着我。

　　高铁到站是下午六点,不出我所料,一下高铁站,就看到了等在外面的亲爹亲妈以及妹妹。

　　我裹了裹羽绒服,拖着箱子就往外跑。

　　我妹给我一个大大的拥抱,差点把中午的饭给挤出来:"姐,欢迎回家,给我带礼物了吗?"

　　"当然,英语试卷一套。"

　　她表情皱成一团,匪夷所思:"不是吧?你这么狠心?"

　　这孩子憋屈了一路,噘着嘴,在旁边听我和爸爸妈妈聊了一路的新鲜事,跟受了多大的委屈似的。

　　我妈拍她肩膀一下,那声音听着,啧啧,不像亲生的。

　　"你姐姐好不容易回家一趟,老耷拉着脸干什么?不好好迎接就算了,别跟哭丧似的。"

妈，真的，您不说话没人当您是哑巴。

手机提示音响了一声，我急忙打开手机，果然是纪佑安。

"到了没有？到了的话回复一下。"

"嗯，到了。成功和明家二老以及一小会面。"

"吃点饭，好好休息。"

"我爸带着我们去吃大闸蟹啦！没有你的份儿！"

他好半天才回复我："等你回来我们再吃一顿。四舍五入就跟你家人一起吃饭了。"

我心里暗暗道真不要脸，然后没忍住笑出了声，我妹直勾勾地盯了我很久。

part 3

回到家里的日子并不好过。

快新年了，我妈和我爸忙着年前的生意，还忙着置办年货。

我妹也挺忙，现在的小姑娘总是三两天都见不到人影，刚到家，接了电话，又出去和她的好朋友蹿了。

我是家里最悠闲的一个，吃的喝的用的管够，平时也不知道出去找谁，便自己坐在家里看书。

真难得，在这即将过节的忙碌气氛中，我还能心平气和地坐在这里学习，且效率还比平时高了一倍。

纪佑安一上午没有给我发消息，也不知道在忙什么，新年前，又赶上快要毕业，他好像有很多论文和报告要赶。

自从给他发了全家人吃大闸蟹的照片,他就一直耿耿于怀,昨天晚上给我发了他们一家坐在一起吃海鲜的视频,那叫一个彬彬有礼,比我爸一口一个"我的瓜娃子嘞"高大上了不止一个度。

昨天在视频里有幸见到了纪佑安父亲的真容,比上次戴着墨镜开车不知道知识分子了多少倍,上次那事……其实我还真以为他是黑出租呢。

还好纪佑安说那是他叫来的顺风车,不然我真的要落荒而逃。

他再三向我解释,他爸是一名大学教授,结合上次的事,我还真有点不太相信,不过这次看到视频里的纪爸爸,才觉得还真挺像那么回事的。

想什么来什么,我正听着音乐念叨着纪佑安,他便给我发消息了。

之前我跟他说过,我爸妈思想封建,不到万不得已千万别打电话,不然他俩再加上我妹妹,肯定就地来个三堂会审,让我把纪佑安家的户口本都背一遍。

我还真没背过。

不过现在爸妈和妹妹都出去了,我一时新鲜,随手给他打了个电话。

一接通,他就带着种淡淡的笑意问我:"现在能打电话了?"

"家里没人。"

他表示,这种地下工作什么时候才能正大光明起来,有种偷情的感觉。

这话说得让我不知道该高兴还是该痛扁他,索性打开了视频,让他看看我家里的装修。

我说:"你看,这是我爸写的毛笔字,有没有艺术感?"

"嗯……很沧桑。"

"其实我也觉得。"我嘿嘿笑。

我爸没什么大文化,和我妈一起白手起家,做点小买卖才有了舒适的生活,这不,现在又觉得自己的精神食粮太过于匮乏,所以不断地读书学习,比如看个拼音版的《西游记》什么的。最近没事还和我妈出去一起跳跳广场舞,两口子共同引领B市广场舞新风潮。

我妈则继续走她的贤妻良母路线,每天把房子收拾得干干净净不说,还为她这俩生活系数低的女儿做好了饭。

其实我也会做,我只是懒。

爸爸妈妈和妹妹简直就是我人生中几大乐事,对了,现在还有个纪佑安。

我在电话里把这话和他说完,他回了句"你对我来说也是",一时间,我不知道该怎么再接话,似乎在这瞬间只剩下了甜言蜜语的感动。

他应该也觉得尴尬,过了一会儿,才谈起下一个话题。

"前几天路过学校的时候,看东区的人工湖被重修了,听我爸说学校觉得那几个喷泉太废水了,要改成几座雕像。"

"啊?"

我还记得那次纪佑安在东区请客聚会时,我们两个偷偷跑到人工湖那边看风景,也就是那天,他告诉我他有喜欢的人,而现在,答案已经揭晓了,虽然比较不可思议,但是他喜欢的就是我。

东区的人工湖当真承载着一些回忆,我刚刚来到A大的时候,整

个校园还没摸明白，和林小徐两个人误打误撞地来到了人工湖，还感慨一番赏到了好风景。

我说："怎么就拆了呢，早知道去多看几眼了。"

纪佑安没说话，难得和我聊起来田北与林小徐的八卦。

据说林小徐一放假就去见了田北的父母，田北的父母对她的印象还不错，于是土豪公婆一开心，直接送了她金项链和金手镯。林小徐更是开心得不得了，发誓非田北不嫁。

当然，很多话都是我后期自己加的，意思没变，他的话太过于言简意赅，没我说得完整而充满趣味性。

我一直觉得纪佑安从来都是朵高岭之花，不关他的事不会管，可是今天却难得地和我分享起来他小时候的奇闻异事。

我本来打算喝水的，但是水刚倒上，还在杯子里冒热气，我试探着小抿了一口，还是被烫了一下，舌头疼得说话都不清楚。

纪佑安："你这不是傻吗，水热还喝什么喝？"

"我就是看看它凉了没有。"

"我看你应该烫着脑子才对。"他语气不轻不重，却总让人暖暖的，过了一会儿，又说，"我记得我小时候也做过这种事。"

趁机我赶紧转移话题："什么事？"

"我妈打算洗衣服，问我水热了吗，我打开壶盖把手伸进去试了试。"

"那烫得不轻吧？"

"那时候水还不热，就是红了。"

我绷不住哈哈大笑，说你小时候可真傻。

这时候有开门声传来，我赶紧收住笑容，低声道："有人回来了，我先挂了。"

听到他说再见，我才正式按掉红色按钮。

是我妹，她一进门我就听见拖鞋摩擦地板的声音，要不怎么说我妹是个人才，连走路都在帮妈妈擦地，我就不行。

一进门，我妹就直奔我屋里来了，跟条狗一样，对着我的房间闻了半天。

"姐，你刚刚和谁打电话呢，有说有笑的。"

我假装看书，又摸起笔做标记。

"你管我这些干什么？"我不满地想要赶她走。

她问："不会是交男朋友了吧？我可跟妈妈保证过，你要是早恋的话就让我夏天没有冰激凌吃，看来我输了。"

这是什么奇葩赌局？又和我有什么关系？

她又说："妈妈总是担心你在外面和别人配对，我觉得凭你这副样子不可能，于是我和妈妈打了个赌。"

"那咱妈赌的是什么？"

"妈妈说，你要是有男朋友的话，就可以少给你点零花钱了。"

这可真是前无古人后无来者的亲妈。

面前这位更是绝此一人史无前例的亲妹妹。

她看我，我看她。

对视良久后，我呵呵笑。

"好妹妹，你上次月考数学考 8 分来找我签字的时候……"

"姐,我错了。"她立马变了张脸,"姐,你还记得你小时候头卡在栏杆里是谁……"

"闭嘴!"我揉着额头,这么多年了,怎么这个事就过不去了呢。

小时候,我家还在沿街楼,公路中间修了一个栅栏,邻居家的小男孩总是很皮,拿沙土扬我满脸。为了报仇雪恨,我也曾经做过不少奇葩事,比如一脚把他蹬进泔水桶啊,给他的头发粘点泥啊。

最难过的就是,九岁那年,我追他追得太着急了,他跑得飞快又灵活,堪为国家跨栏选手少年组的后备成员。而笨笨的我来不及刹车,一个猛子扎了进去,头直接卡在小栏杆里了,又害怕我爸妈知道了挨打,于是就和我妹一起想办法。

最后,五岁的她用自己的全部力气,一脚把我头踹了出来,当时我还觉得她的脚丫有点味,然后脖子疼了两个星期,脸还蹭破了皮。

要多惨有多惨。

人生重大悲剧之一,绝对不可以让纪佑安知道!绝对!

我瞪她一眼,示意她帮我把水端过来,有了要挟果然好使很多,她颠颠去了。

我想起刚刚烫了舌头,便让她摸摸水还热不热。

然后,我就看到她两指并拢,即将以垂直方向落入我的杯子里。我大叫一声。

她尬笑着回头,把水递过来。

我:"好妹妹,你死定了。"

part 4

下午，好久不联系的同学突然给我发消息，让我去参加高中同学聚会。

我下意识地推掉，他却说："你不来就是不给我面子，咱们同学都这么多年没好好聚聚了，这次趁着大家都有空，可不许不来。"

这话说得好像不去就代表看不起他似的，说实在的，这人之前和张梓迅处得还不错。

而对于现在的我来说，有张梓迅的地方，就是退避三舍之地。

结果推辞不掉，大家都在群里叫我，好像我是一个多么重要的人物似的，离了我就不能聚餐一样。

一开始我以"家里真有事，去不了"为借口，后来说得太多了，大家都不信了，再加上以前的好闺蜜软磨硬泡，我实在是挡不过去，便答应了过去站站脚。

到了那天，我是硬拉着自己的头去的，我去的时候没有张梓迅，反倒是过去在一起的好闺蜜让我惊讶，变化太大了，浓妆和以前连防皲脸霜都不愿意擦的她形成鲜明对比，真不知道这几年她都在干什么呢。

她喊我过去，坐到她旁边说说话，我们好久都没有在一起说过话了。

上学的时候叽叽喳喳讨论起一件事没完没了，从少女心事，再到八卦明星，女孩子凑在一起仿佛有聊不完的话题。上一个结束了，紧接着又能接上下一个。

她说："明书芮，你这衣服香奈儿的吧？我在网上看到香奈儿好像

有这个款式。"

"是香奶儿还差不多，我哪有钱买那个牌子。"

她露出惊讶的表情来，说我："你没钱买，我才不信呢。"

我有点蒙，买不起就是买不起啊，也不需要你相不相信了啊，这是什么意思？何必呢？

人果然都会变得不一样。

虽然对她的做法有意见，但是并不妨碍我去理解她。

我不想再和她交谈下去，实在是害怕破坏掉当初眼里的好印象。

就好像学校东区的人工湖一样，世事变迁，谁也不能拦住时间和改变，人工湖也许会被拆掉，会消失，但是带给我们的美好记忆是永远存于脑海的，终身难忘。

就像人会变，但是那些曾经的性格秉性，曾经经历过的美好时光一直刻在心里不会磨灭。

聚会这事我没敢告诉纪佑安，所以在 KTV 他突然打来电话的时候，我整个人都是蒙的。

他上来就问我在哪儿，让我觉得特别瘆得慌。

我说："我在……在家里听歌呢。"

"这么大的声音？你邻居不嫌吵吗？"

"邻居……邻居出门了。"

他沉默了一会儿，像是在克制脾气。

"说实话，你现在到底在哪儿呢？"

纪佑安实在是太了解我了，装是装不下去了，我只好如实招来，还顺便向他讲了闺蜜的事情。

他说："要接受别人的所有变化，包括你自己。"

我说好。

然后又像多么不放心似的，在挂电话之前，他嘱咐好几遍我别喝酒，还问我张梓迅来了没有。

"他来了我还能在这里给你打电话？放心好了。"

纪佑安轻轻"嗯"了一声，再次叮嘱了别喝酒。

怕是上次酒后酿成惨剧把他吓坏了，所以这次说什么都要戒了，他也知道我肯定不长记性，于是就帮我长了。

闺蜜跑过来兴冲冲地问我："呀，这是有查岗的啊？"

我点头。

没理她在后面大惊小怪的样子，我和大家打了个招呼就走了，随便他们说我无趣。

我的有趣，还是留给喜欢的人吧。

作为好女朋友的听话模板，出门我便给纪佑安打了电话，让他放心。

他说："同学聚会最不放心了，下手的都是同学。"

我心想他懂得挺多啊，还是多嘴问了句："我要是被别人拐走了你怎么办？"

"谁敢拐你？"

我骄傲地挺了挺胸膛，发现他看不见动作之后，又放了下来："我可是我们同学中的香饽饽呢。"

"谁拐你的话，替我谢谢他。"

"纪佑安！"

他改口："我谢谢他证明了我有好眼光，你想什么呢？"

"我……"我也不好意思说出来我刚刚想的什么了。

我说我挂了，你忙你的去吧。

他说我一点都不想他，多聊会儿电话都不行。

最后这顿电话煲不知不觉还是延误了半个多钟头。

最可怜的是我，我怕进家门被爸妈听到问东问西，便在楼下背阴处晃晃悠悠待到现在。

他不知道，他要知道的话肯定骂我傻。

可是即使手冻得快掉下来，我心里还是充满了甜蜜。

迷迷糊糊过完一天又一天，新年很快就到了。

小时候热切地期盼过年，长大后却再也找不到以前那种感觉。

过完年没几天就要回学校了，临走前，我收拾着东西，我妹依依不舍地说："姐，你这么快就走了，我还打算让你帮我写作业呢。"

这孩子有点想哭，弄得我心情也不好，不知道是不是因为我妹长大了，以前早已经习惯的小别，这次居然来得太伤感。

我抱抱她，摸了摸她的头发。

"别这样啊，以后你也要出去上学的，慢慢就该习惯了。"

我爸怕我学校里冷，执意要我加一床电热毯，我说不要了，我那里有。他硬是给我掖了进去。

"这是水热的，不上火。"

我妈比较实在，直接说钱不够来要，要多少给多少。

太令人感动了。

摊上这样的母亲，何愁不败家。

小时候，我们都以为父母是阻碍我们飞翔遨游的桎梏，总想着有一天可以彻底逃脱，可是现在终于长大了，却觉得别处给不了在父母身边的依恋。

机票是下午的，和纪佑安打了个招呼，他保证准时来接我。

距离正式开学还有三天，我提前来的目的不用想都能猜到。

纪佑安早早就来接我了，在飞机上没法接收消息，刚落地，我便打开了信号，几条短信跳出弹框，有爸妈的，也有他的。

不知道从某一刻起，他和我之间也有了一种微妙的联系，牵肠挂肚，难以割舍。

出站后，我一头扎进他怀里，蹭着他的鼻尖问：“冷不冷啊？你看你穿这么少，快让我抱抱。”

纪佑安反倒是一把把我拉开了，我问他怎么了，他脸上浮出一丝可疑的红晕，接过我的行李，说回去再抱。

咦？还害羞了呢。

据说，纪佑安早在高中毕业那年就考完了驾照，直至今日驾龄也有四年了，他开车带着我回他的住处，一路上却什么话都不说，我在旁边百无聊赖，干脆玩起了手机。

林小徐还在宿舍群里嘚瑟。

“大家好，我和田北早就已经互相见完家长啦。现在我是准田家

儿媳。"

　　不知道林小徐的亲爸亲妈看到女儿这副恨嫁的样子，心里得什么滋味啊。

　　我想着，随口问纪佑安："你什么时候娶我啊？"

　　问完了以后他好半天没接话，后知后觉地发现这话太直接了，我的纪社长是慢热型的。

　　还以为这一问就这么被无视了，他半晌才说了句："等你毕业。"

　　这算是提前说好了吗？

　　我坐在车上也没心思玩手机了，反复琢磨这句话到底是不是一时兴起开的玩笑，我好像有点当真了。

　　很快，地方到了，纪佑安叫了我好几声，我没听见，回过神来时他问我："你怎么魂不守舍的？"

　　"有……有吗？"我死鸭子嘴硬。

　　他直接拖着我的行李上楼了，没再问下去。

　　我害怕他追根问底，也有点期待。

　　但是，这一瞬间，他没有任何反应，倒成了我突然有话说不出来。

第十一章

江 湖 能 否 再 见

part 1

我躺在床上，望着纪佑安家头顶的天花板，回想这一切有些恍惚。

纪佑安在外面喊我："你洗澡吗？"

又是这个问题，我不再忸怩，问他有热水吗？

"水有点烫，"他放下正在剥的橘子，"我去给你调。"

我拿起盘子里一个橘瓣放到了嘴里，酸甜的味道荡漾着整个口腔。

我知足地想，要是和他一直这样住下去也不错，然后脑子里又出现了那些做不完的英文试卷，赶紧打消了那种不上进的念头。

纪佑安出来了。

"水好了，去洗吧。"

我又往嘴里塞了一瓣，才慢慢动了几下。

纪佑安："您老这是腿脚不好？"

"盘腿坐得脚麻了……"

他突然伸手过来戳了戳。

"干什么干什么？"我吓得往后退了几步，没站稳，直接躺在了沙发上。

他就站在那里居高临下地望着我，谁说只有电视剧里那些男主角意外扑在女主角身上才有小粉红的？

我躺在这里，一副任人宰割的模样，他站着，一副要宰不宰的样子，这种感觉才最难受。

我赶紧爬起来，带着点慌张，一瘸一拐地去了浴室。

不比在家，洗完澡之后，我又简单穿上了得体的衣服，纪佑安喊我过去，他煮了点饺子，问我饿不饿。

他要是不问，我可能还真不饿。

饺子是牛肉馅的，外面买的速冻水饺。

"我就知道你饿，"纪佑安吃了几个，放下了筷子，"谁让你晚饭吃那么少。"

"我打算少吃点减肥的。"

"那你现在在干什么？"

"经不住饺子的诱惑。"

……

吃完后，我准备去把盘子洗了。纪佑安坐在旁边看书，见我起身，把书放下了，接过我手里的东西。

他在厨房洗盘子，我在旁边看着他。

他突然笑着问："明书芮，你知道我是'纪渊'的时候什么感觉？"

什么感觉？这问题问得我一愣。

"嗯……惊讶，除了惊讶还有对你深藏不露的敬佩。"

早就知道他的学员是我，还能一如既往地教学，实在敬佩。

他笑笑，继续洗盘子。

我想起来什么，看着他擦手说："哎，纪渊不是娘娘腔吗，再给我学一个。"

"那是变声器变的。"

"我不管，反正你那时候在我眼里就是个很烦很啰唆的娘娘腔，和平时在社团里那副正人君子的模样差之千里，快，给我学一个。"

他目光突然变得凶狠，盯着我看了半天，我瑟瑟发抖。

"明书芮，你这是吃饱了是吗？"纪佑安一步一步靠过来，我只好一步一步地往后退。

可真磨人啊，我明显感觉到后面没退路了，便像个泥鳅一样往下溜，他一把捞回了我。

"干吗去？"

"我……我……我想睡觉。"

纪佑安等我把话说完，一把抱住我的后脑勺，脸贴了过来。

我的本能反应是闭上眼睛，唇上的凉意传来，我感觉大脑一片空白。

毫无预兆地来，又毫无预兆地结束。

如果让我对这次接吻做评价的话，那我只能说他嘴唇挺软的。

纪佑安眼底有若隐若现的红，我总觉得哪里不对，赶紧溜走了，回到自己房间翻来覆去睡不着，没过一会儿，就听见来自浴室的水声。

和纪佑安同居了几天，就到了新学期报到的时间了，林小徐春光满面地回来，一看就被爱情滋养得不轻。

纪佑安说："田北总算不在宿舍里喊求女友了。"

这话从他嘴里说出来总觉得特别搞笑。

当天大家把手里的事情都忙完了之后，便商量着晚上聚餐。

一开始决定 AA 制，但是田北和林小徐为了庆祝他们成功上岸，财大气粗地包下了今天晚上的所有支出。

他们的舍友举杯，激昂地说："恭喜啊老田，快毕业了也把终身大事给定了，我们宿舍最快的一位，肯定能带个好头！"说完，一杯酒下肚。

纪佑安悄悄告诉我，这位大哥单身二十多年，有点着急了。

还没来得及偷笑，他的矛头又指向我俩："纪社长，小明同学……"

我："？"

小明？

"小明同学，你俩这恋情隐藏得也够深的啊。老纪在宿舍里住得不多，但他一回来，就整天抱着个电脑，说什么在累积社会经验，每天笑得像个两百多斤的傻子，就把你勾搭到手了。你不知道我家老纪可招小女生们喜欢了，你可得看好了啊……"

纪佑安听不下去了，拿起杯子，赶紧和他碰杯。

林小徐听得一脸蒙，旁边其他人脸上全都是"原来你是这样的老纪"。

那人有点喝大了，看向我："你怎么喝水啊？"

纪佑安："她不能喝酒。"

对，不能喝酒不能喝酒，一喝酒就丢人。

那人不肯罢休，说我必须喝，不然不给他面子。

纪佑安被他缠得没办法，举起两个杯子，一饮而尽，算是给足他面子了。

田北看了说："等他酒醒了，就真的死定了。"

饭局散了，纪佑安送我回宿舍。

其实我还没在他家住够。

我问他那人说的"两百多斤的傻子"是真的吗？

他揽过我的肩膀，说那倒不至于，也就简单地笑笑。

送到宿舍楼下，他说："快毕业了，过段时间我可能非常忙。"

"你放心吧，我一定恪守妇道，你不在的时候不多看其他男孩子一眼。"

纪佑安摸了摸我的头，说那就好。

他果然很忙，我在毕业生们的实践活动上总是能看到他的名字，时间一长，难免有点心情不好。

不过看到林小徐和我落到一个下场，我也就放心了。

学长
你不打算
告白吗

每个月见面吃饭的机会屈指可数，但是他一有时间就会来找我，却总是抱着电脑，我好奇地问，你都在忙什么。

纪佑安说："我之前在网站上做辅导老师，就是为了现在积累相关经验，我打算运营个外语教学的网站，最近在试水。"

我立马变成星星眼："你这么厉害啊！"

他摸了摸我的头，难得亲昵："我得想办法养你。"

听他这么一说，太让我感动了，于是一来二去，把他牛肉面里的牛肉都挑了过来。

社团里，比较优秀的成员都被纪佑安挖去创业了，剩下几个水平半斤八两的人，一瓶子不满，半瓶子晃悠。

南可轶对我成功拿下纪佑安的事情还在耿耿于怀，每次见到我都用眼白看人，我都有点怀疑她白内障了。

身为赢家，我特不厚道地想，都快要毕业了，还跟我这个小学妹计较什么。换位思考后，我又明白，在她的世界里，大学四年的遗憾不过就是与得到爱情的欣喜大相径庭，全是爱情的心酸吧。

我听林小徐说过八卦，南可轶为了追纪佑安，也曾经在大冬天跑到宿舍楼下等他，也不止一次地约他，换来的只是空等与拒绝。

感情和学习不一样，并不是你努力了就可以换来好结果。

当社团再次准备招新的时候，我知道，距离纪佑安他们离校已经不远了。

四年青春就这么过去，明年这时候，说再见的就到我们了。

快毕业的时候，仿佛整个学校都染上了淡淡的离愁别绪，学姐学长们定制了印有共同字样的 T 恤。

"我们毕业啦！"

"306 的姑娘江湖再见！"

"未来加油。"

还有一连串的那种："老大、老二、老三、老四。"

我一时兴起，跟宿舍里商量明年也定制几件。

这个提议获得了大家的全票通过。

part 2

纪佑安他们毕业了。

我顺利升到大四，成为本学校最老的一届学生。

大三升往大四的暑假，我接手了纪佑安的英语社，所有事情都落到了我头上。

之前作为社员的时候，也没觉得这么多事，现在搞得我头大不说，纪佑安那边工作忙，连约会的空都要挤时间，平时聊电话都是我听他说工作，更别说让他帮我干什么了。

不过他还是传授了我点东西，让我回去好好整顿整顿，现成的经验用起来果然得心应手，不过要完全搞定还是好几个月之后的事情了。

当初纪佑安说得果然没错，长期的努力让我有了可以驾驭六级英语的能力，做起试题来觉得轻而易举。

其实最近学校里关于我的流言不少，尤其是英语社的，很多人知道我和纪佑安之间的关系，所以更是认为我走了后门。

只有少数内部成员才了解，为了学英语，我究竟费了多少力气。

也曾有人当众反驳过我，林小徐作为我的新助手，直接把那沓代表着曾经努力程度的试卷扔到了她面前。

他们可以否认我的能力，但是不能质疑我的努力。

就这样，稀里糊涂中，大家默认了我这个社长，然后配合起了我的工作。

好歹英语社没有砸到我手里，否则还不知道怎么向纪佑安交代呢。

纪佑安说过，学校对各种社团控制得很严，要是倒了还真不稀奇，不过要是在我手里倒下了，那他真的要扒了我的皮。

毕竟我是他的女朋友。

大四之后，为了能够和纪佑安有更多相处的时间，我就很少在宿舍里面住了。

开春的三月下了好几场雨，那天在一起写论文的时候，林小徐还说，我要是再不回去，我的床铺就要长毛了。

尽管她这么说，我当天晚上还是去了纪佑安家，因为他今天下班早。

林小徐在宿舍群里大喊我见色忘友，然后不到一个星期，她也搬到田北家住了。

宿舍里就剩下赵玥宁和蒋秀米相依为命。

南可轶没有走多久，又重新出现到我的视野中，照旧，每天都可以在图书馆里看到她，去年考研大军共同刻苦努力的时候没有她，据说今年是想开了，觉得上班太累太苦了，所以回来打算重新读书学习。

我有时候会拉着纪佑安一起来学校图书馆，说什么寻找当初的感觉，不知道为什么，虽然在一起的时间不算太长，但是心里莫名有种老夫老妻的感觉。

当然，不是对爱情的倦怠。而是那种每天准备好饭等他、担心回家的路上堵不堵的关怀。

我觉得我俩就像是在过日子，唯一不足的就是我们俩还没有任何更进一步的肢体接触。

说起来林小徐、蒋秀米她们都不信，同居了这么久，纪佑安真的只和我拉过手接过吻。

林小徐曾满脸不敢相信地问我："你们家纪佑安不会有什么问题吧？"

她这话太欠揍了，找炮轰。

"你家田北才有问题，少在这里瞎说。"

"我们家田北才没有问题。"

此话一出，大家的矛头又指向她，我庆幸没有人再谈及纪佑安的事情，晚上回去，也计划着稍微暗示他一下。

于是，我倒了两杯牛奶，穿着露肩低领的睡衣跑到书房送温暖。

"累不累？要不要喝点？"

纪佑安在画什么图纸，闻言抬头瞥我一眼，本来又要低头做图纸的，大概我的造型实在引人注意，他又睁大眼睛多看了我一会儿。

我不指望着他能在我身上找出什么绝代芳华的惊艳之感，但是好歹也别一副像是看到蛋糕上落苍蝇的模样。

我还是硬着头皮问他："新买的，好看吗？"

他说你穿成这样干吗？跟着大妈们去跳广场舞吗？

我可真是想打人。

忍！

我挤出娇美的笑容来，问他："你喜欢我吗？"

林小徐教的：声音要黏要腻要不惜一切代价让他有反应。

他果然有反应了，一脸胃部消化不良的表情。

纪佑安睥睨着我，很严肃地说："明书芮，你别让我抽你。"

这我哪敢啊。

我悻悻地把牛奶放下，烦透了，一边喝牛奶一边坐在沙发上欣赏他画图。后来这种催眠有了效果，我站起来，把滑下去的肩带扯上来，晃晃悠悠地回房间睡觉了。

我说："晚安了纪大经理，早点睡觉。"

前脚刚准备踏出门去，他就喊我回来。

语气生硬生硬的，这人就是奇怪，明明是求我回来，还弄得盛气凌人的。

难道这就是传说中的输人不能输气势？学到了。

被他不太好听的语气一吼，我还真就乖乖退回去了。

刚站定，纪佑安突然一把把我拉了过去，直接躺在了他怀里。

还没等我在惊讶中恢复过来，他薄凉的唇便覆盖了上来。

这次不比平时打情骂俏时的轻柔，有点太着急了。

我略有闲心地在心里打小算盘，来了来了，不过我这是慢热型吧，得勾搭完缓冲一会儿才管用。

说实在的，我有点紧张。

明书芮啊明书芮啊，你可真没出息。

事实证明，我想多了。

没有进一步的动作。

和往常一样，亲亲就算了。

我失望地回去，困意全无，坐在床上边啃苹果边想这样做到底好不好。

我妈也不知道哪根筋搭错了，大半夜突然发短信给我说晚安，我回了一个晚安，却突然觉得很对不起爸妈，他们视我跟宝贝一样，这方面管得很严，就怕学坏。殊不知他们的女儿正想尽办法……还是睡觉吧我。

第二天林小徐问我怎么样，我瞪她一眼，说你怎么这么八卦，然后自己跑到一边沮丧去了。

她过了会儿还跟我说："其实我觉得对你来说这事太早了不好，毕竟我和田北都见了父母了，和你俩不一样。"

纪佑安说过，等到我毕业了，才会带我正式见父母，步入社会后变成彻头彻尾的成年人，自己的开销有了来源，才能为以后的生活负责。

想到这里，我恍然大悟。

于是，阳春三月往阳春四月递进的那段日子里，我满心期待的就是赶紧毕业，对于毕业前的准备活动更加加倍努力，写个论文都跟写获奖感言似的，反反复复核对好几遍。

赵玥宁表示："明书芮，你不至于吧？有了学霸男朋友奋发图强

了啊？"

我摇头否认，但是没有告诉她真正的理由。

听说蒋秀米打算出国，所以要把各项都做到最好，本来就努力的她看到我这条咸鱼突然准备翻起来，更加努力了。

她说核对论文听起来还不错，省得有错别字和乱用的词汇了。

"那你加油。"

我对学霸表示了深深的敬意。

忙忙碌碌又是两个月，六月份，青春住在夏天的烈日中，伴随着越来越热的温度，青春就像小河里的水，逐渐流逝蒸发。

毕业迫在眉睫。

就像去年所说的，我们定制了专属于我们四个的 T 恤，上面的字也挺特别的。

"春夏秋冬。"

我是秋，代表着金黄色丰收时节的秋天。

毕业季很快就会过去，到了九月份，就是秋季丰收的时节，希望那时候，大家都可以顺利通过新目标的考验，结出心里想要的果实。

对宿舍几个人说完这番话之后，她们表示我说人话的时候还挺令人感动的。

part 3

没有纪佑安在校的这一年，过得很快。

本来以为还能再吊儿郎当晃悠几天，谁知道毕业之日迫在眉睫了，毕业论文更是让大家急火攻心。

怎么改都不对，怎么写也不是，被重新打回来四遍的林小徐烦得干脆破罐子破摔——没人和她说怎么改，她干脆就不改了。

我说你好歹对你的毕业负责一点吧，她表面上满不在乎，其实心里焦灼得要命。

我的毕业论文也由导师直接指导，遇上的烦恼一点都不比林小徐少，改来改去好多遍还是通不过，纪佑安有点看不下去了，问需不需要帮忙。

我说不用了，自己的事情自己做。

在经历了为期两周的论文折磨之后，优秀毕业生评选又来了，我自知没有能力当上优秀毕业生，但是优秀社团还稍微沾点边，为了四年大学不留遗憾，于是我给英语社报了一个名。

很幸运，在五花八门的社团里，英语社一路杀出重围，最终获得了第二名。

这也算是我第一次得奖，实在是可喜可贺。于是英语社的前社长突然出面，请大家吃喝玩乐。

众人皆醉我独醒，我和纪佑安趁着大家玩得"嗨"，再次跑到另一边去谈情说爱了。

虽然没有东区人工湖，但也能找到当初那份小心动。

纪佑安看着看着，突然拉我过来，说："那个人怎么看起来这么眼熟？"

当然眼熟了，那是洛颖。

"一起出去爬山时跟你表白的那个，社团招新她报了名，我就收了。"

他掐我的脸："你倒是大度。"

"我不该大度吗？你都在我手掌心里了。"他准备搂着我，我见势躲了一下。这可了不得了，纪佑安直接抱我起来，转了好几圈。

我说我不行了我晕死了，他才放我下来。

这时候旁边已经有人注意到躲清闲的我俩，指向这边，还有人说好浪漫。

我和纪佑安和大家打了个招呼，他们似乎也觉得不该打扰我俩，便都回过头去了。

我说："洛颖还挺不错的，努力、上进，我打算把英语社给她接手。"

他望着嬉闹的人群，不吱声。

"喂，你听见我说什么了吗？"

"听见了，你觉得合适就行。"

这时候一个姑娘大声喊道："你们毕业后都想干点什么啊？"

七嘴八舌的讨论声吵得我有些伤感，四年青春可真快啊，与林小徐、蒋秀米她们每天吃喝拉撒都在一起的日子也到了尽头。

我伸手去抓他的手。

"纪佑安，你知道我大学四年最幸运的事情是什么吗？"

"遇见我。我也是。"他单只胳膊搂过我的肩膀。

来来往往的汽车像是行驶在流水线上，跑来跑去交织出无数条忙碌的光影线，后面则是怎么也数不清的霓虹，在市中心绽放成一朵灯红酒绿的城市花。

那大概就是出了校门之后的生活吧，有些期待，也有些畏惧。

宿舍里第一个搬走的是蒋秀米。

时间快到了，大家都在拖延，尽量不收拾东西，尽量晚一点再离开。

我和林小徐是这样，蒋秀米更是这样。

他的父母早在市中心给她买了房子，供她工作和学习使用。本来打算过几天再搬的，可是没想到她爸妈这么早就来了。

送走了蒋秀米，那股悲伤劲就达到了最大值，林小徐憋着眼泪，暴躁地把行李箱拖出来，开始往里塞东西。

"走！早走晚走都得离开，何必让难受蔓延得那么长呢！"

当天晚上，林小徐被田北接走了。

蒋秀米走的时候，在宿舍群里发了一个"春"和红心。

林小徐走的时候，发了一个"冬"和红心。

奇怪的是，中间没有任何人插话，第二天下午，赵玥宁家人来接她，搬走了。

我从楼上望着她拖着行李箱离开的背影，满腹心酸，眼泪差点掉出来。

手机"叮咚"一声，"夏"也走了。

我这个"秋"，独自一人坐在空荡的宿舍里，满是伤怀。

我的东西很多都已经搬到纪佑安家去了，毕业之后打算自己租房子的，纪佑安说不急，让我先住他那儿，然后找工作、实习，其他的

还没敢想。

我给他打了个电话，很快，他就开车过来了。

往宿管阿姨那里交钥匙的时候，我看见她桌上大大小小的礼物，和墙上挂着的那堆钥匙。

拿出事先准备好的杯子，我说谢谢阿姨这段时间的照顾，我们走了。

阿姨说你先等等，然后从床底下拿出了一个电饼铛。

"这是前几天没收你们宿舍的，也别写检讨了，拿回去吧同学，希望以后都顺顺利利的。"

人总要经历离别和相遇，我们的一生几乎都在分分合合中度过，也许习惯之后就不会有这么浓厚的忧伤了。

纪佑安在前面拖着行李，打开家门，和情绪不高的我对视良久，然后张开怀抱。

"欢迎未来的纪夫人正式进家门。"

我破涕为笑，一下子扑过去，他把我举得很高，又假装松手吓唬我。

我和纪佑安算是正式同居了，有点兴奋，于是当天晚上死缠烂打着他带我去吃火锅。

一向工作忙的他居然没有推辞，说去就去。

然而不巧的是，在火锅店里遇见了他手底下的工作人员，一场二人约会又成了工作聚餐。

之后的日子也不是很好过，除了与纪佑安更加甜蜜了，其他事情还是一团糟。

本以为毕业之后就可以放肆到上房揭瓦，可新的烦恼又来了——找工作、实习。

林小徐一副"我要被田北包养"的样子，躺在房间里有吃有喝，旁边还有个端茶倒水的，看她这样就知道，田北的爸妈一定不在家。

蒋秀米在忙什么不知道，好像要出国。

赵玥宁又回到学校图书馆里，投入到了考研大军。

在被三家公司退了简历之后，我有点泄气。纪佑安说："干脆你到我公司来得了。"

我才不要，我要自力更生。

他对我竖起大拇指："有骨气。"然后扔下那个削了一半的苹果让我自己动手。

现在的公司都挺奇怪的，面试时候问的问题五花八门，我不觉得一个是有用的。

"你看，'你上学时候一共谈过几个男朋友'这个问题奇葩吗？还有'你平时冲马桶时会盖马桶盖吗'，奇不奇怪？"

他笑得欠扁，表示下次要是有人来公司面试，他也用这几个问题。

"有什么说法吗？"

纪佑安叹气："我终于知道为什么你面试总是过不了了。"

和纪佑安同居的日子心惊胆战，毕业以后，我爸我妈有点不放心我一个人在 A 市生活，所以是不是打来电话，再加上我妹妹在旁边煽风点火，我爸妈开始怀疑我私藏男人，命令我立刻马上坐上回家的车。

一开始对于他们这种杞人忧天我还能糊弄过去，后来次数多了，也难免露出点马脚，藏是藏不下去了，纪佑安问我："要不我们就见父

母吧。"

他那边自然好说，父母亲都是深明大义明白事理的人。

我的意思不是我爸妈不懂事，是觉得各方面的因素不同，他们的思想比较封建，虽然我和纪佑安并没有发生什么实质性的事情，但是一说同居了肯定还会打断我的腿，更何况，他们总觉得，外面的男孩子都靠不住。

所以，工作还没有来得及敲定，我就打算先回趟家，和我爸妈好好地谈一谈。

part 4

意料之中的是，我到家后我爸妈果然准备好了三堂会审。

我妹在旁边疯狂给我使眼色，现在使眼色也没有用了，不管说什么，都得先如实招了。

我爸问："舍得回来了？"

我不知道怎么接话，我妹急忙拉我。

"那个……姐，我有道题不会，赶紧过来帮我看看。"

她还没把我拉走，就被我爸叫住了，狠批了一顿。

"今天就算你所有的题不会，也不能让你姐教你。回你屋里去！"

"爸爸……"

"回去！小孩子别捣乱！"

我揉了揉我妹，让她先进屋。

小姑娘前脚刚走，我爸的炮火后脚就攻过来了。

"我跟你说过多少次，在外面一定要洁身自好，别相信外面那些男孩子，他们很多都是骗你的。"

"爸，不是这样的……"

"别在这和我说你学过的那套。明书芮，我养你这么大就是让你回来和我顶嘴的？你平时看不看新闻啊？那些出事的小姑娘能一个巴掌拍响？"

"都什么年代了，谈个恋爱怎么了？同居怎么了？"

一听"同居"俩字儿，我爸更生气了，脸色都变了。我后悔一时冲动说了出来，看他这样子似乎情况不太好。

我妈过来拉我俩，但她还是和我爸一样的思想，这个家里除了我妹妹，没人能理解我。

我没想到回来后都没来得及谈，就成了现在这番局面，我不敢再顶撞下去，毕竟要为了纪佑安以后被接受而考虑。

坐在房间里，我开始想下一步该怎么办，我不敢给纪佑安打电话，怕他一着急再跑过来找我。

他问我什么，我只是敷衍性地回复过去，他越是关心，我就越是焦灼，到底怎么样才能让老爷子接受他。

我妹偷偷跑过来，大概是因为看到了我伤神的样子，不停地抹眼泪说对不起。

"对不起姐，我不该跟爸妈提的。"

她年纪还小，什么都不懂，完全是出于好心帮我，只是没有想到会是这个结果罢了。

我应该感谢她，如果不是我妹，我还不知道怎么把这事宣告出来。

这下好了，直接省去了第一步。

后来，我妹被我妈揪出去了。我妈进来坐下，和爸爸的愤怒不同，她显得冷静多了。

她说："芮芮，不是爸妈封建，爸妈只是怕你吃亏。而且爸妈想让你留在我们的身边，不想你嫁到那么远的地方。赶紧和那边断了吧，我改天给你安排相亲，你很快就会忘了他的。"

没想到他们已经自作主张到了这种地步，我直接站了起来，不敢相信这话出自我母亲之口。

"你们也太自私了吧，有没有考虑过我？说断就断，你们以为是小孩子过家家呢？"

一听这话，我妈也不苦口婆心了，直接就说："别闹了，听话。"

我爸妈说到做到，可我不敢炮蹶子跑掉，买好了的火车票又退了。

绝对不能因为一时冲动就一走了之，那样对纪佑安来说，会越来越难的。

心里实在是憋得难受，我便把这事给林小徐复述了一遍，她比我还生气，嚷嚷着要告诉纪佑安，我赶紧拦住。

要是他知道了，还不一定发生什么事呢。别把我的计划打乱。

我不肯去相亲，我爸妈直接把相亲对象请到家里来了，那人长得跟马戏团的猴一样，他二老的审美让我难以描述。

大马猴对我的印象不错，说我直肠子，说话痛快，不磨叽，他很喜欢。

但是我不喜欢他，在被爸妈强行留了电话之后，他主动给我发短信，直言不讳地表示要和我建立家庭。

我想了想，还是实话实说。

"对不起，其实我早就有喜欢的人了，这次相亲实属被逼无奈。不好意思，耽误您的时间了。"

他表示没关系，有喜欢的人忘了就好，从现在开始喜欢他。

我当真没有办法与他的情商苟同，直接拉黑。

我想纪佑安，非常想。

想他为我做的饭菜。

想我们互相拥抱时的拥挤。

想待在一起时的惬意。

没有和他在一起之前，我从没想过有一天会拥有他。

和他在一起之后，我从未想过有一天会离开他。

我不能失去他。

谁也代替不了。

这时，他又发短信来，问我什么时候回去。

看着屏幕上那几个字，我仿佛感觉到，我们之间的联系就剩一条细细的线了。

把自己一个人关在屋子里，再也憋不住，我失声痛哭，为什么爸妈就不肯多考虑一下我？

大概是因为我哭得太动容，我爸妈不停地砸门，等我情绪稳定一些了，才把门打开，他俩太激动了，直接扑进来。

"那个……"我爸缓缓开口，"我和你妈商量了一下，如果你实在

是放不下的话，可以去见见那个男孩。"

我妈："你也别太怪我们，是你爸出的主意，试试你是不是一时冲动才看上他的。"

我爸："谁说我的主意了，跟你没同意似的。"

我妹："爸，妈，你们演戏为什么把我也蒙过去了？"

"怕你嘴漏。"

我爸特马后炮，说什么自己的思想完全被新潮流改变了，其实一点都不封建，我得为他正名。

就冲他老两口合起伙骗我，还找演员，我就不能原谅他们。

我爸妈坚持着要去 A 市看纪佑安，还想顺带旅游。

我给纪佑安打电话，把这件事说得明明白白的。

所以，他早早安排好了吃喝住行，尽了一个准女婿该尽的义务。

刚下飞机，我就开始吹嘘："爸，妈，你们肯定会喜欢纪佑安的，我敢保证。"

他俩十分嫌弃我这副有了男朋友的嘚瑟样子。

出了门，我便看到了等在接机口的纪佑安，举高胳膊向他打招呼。

他十分绅士礼貌，接过我们的行李，一点都不含糊，甚至有点脸皮厚地喊了句："爸，妈。"

老两口愣了一下，答应得倒是痛快。

"哎。"

番外

—

part 1

明日才是中秋，纪妈妈今天就做了一大堆好吃的，最后一个是糖醋里脊，她摇了摇厨房的几个瓶子——得，没醋了。

纪妈妈吆喝着："老纪，去楼下买两瓶醋回来。"

喊了半天没人答应，她摘下围裙，出来一看，老纪不知道什么时候在沙发上睡着了，手里还抓着棋盘。

几分钟前还说等佑安回来杀一盘，这不自己挺不住先关机了，纪妈妈把猪蹄往他鼻子下一放，不超过一分钟，老头子自己就睁开眼睛了。

他憨笑着，看她把猪蹄子端走，意犹未尽地说了声"真香"。

"都多大的人了，还这么没出息，快去买醋。"

老纪对着空气嗅了嗅："又做糖醋里脊啊？"

"小芮爱吃这个，俩孩子好不容易回来一趟，我得让他们觉得还是家里最舒坦。"

这话不太像女强人说的，老纪站起来，悄悄看了眼她的皱纹，不禁感慨人老得真快。

那些年还意气风发的青年俊女，不知道什么时候开始成家立业，生儿育女，又逐渐走到今天的白发苍苍。

纪妈妈轻易不下厨，纪佑安和明书芮没结婚之前，家里的厨房都是保姆在用。纪妈妈事业心太强，根本没心思顾及家里家外，就这样，老纪和纪佑安始终过着仿佛没有老婆和妈妈的生活。

她这一辈子，给人做过的心理咨询太多，却从来没有安静下来为家人敞开过心扉，也没有太多时间去管纪佑安的事情。

直到有一天，自己的儿子从外面带回了一个小姑娘，她这才意识到，不知不觉中，很多事情都改变了。

她曾经以为，还能陪伴她很久的儿子，却已经牵起了另一半的手，把人带到了她面前。

纪妈妈接受不了，她给很多人做过相关的心理咨询，到了自己这里，却像是走进了死胡同，怎么也逃不出来。

所以，纪妈妈一开始对明书芮没有什么好印象。

她承认，这个女孩子挺不错，性格好，长得好，更关键的是能和佑安聊得来，也正是这一点，让当妈的她心里极为不舒服。

一想到自己捧着当宝贝那么多年的儿子，就要成为别人的人，搁哪个当妈的心里能舒服呢？

第一次见明书芮的时候，她冷嘲热讽，虽然极力克制自己的锐利，但还是伤害了小姑娘的热心。

不过，时间是一个好东西。

随着时间越来越久，她过去所芥蒂的种种也逐渐散去，尤其是明书芮做早餐烫了手却咬牙不说的样子，简直让她心疼得恨不得去拥抱她。

为了能让自己喜欢她，明书芮做了太多的努力，她不是铁石心肠，最后还是融化了。

不过这个儿媳妇，可能不太省心啊，就看自家儿子的了。

而老纪对于儿媳妇的第一印象就是：歪脖子、挺有趣。

纪佑安一家绝配，都是文化人，纪妈妈是心理咨询师，纪爸爸是大学教授，前者好强好胜，后者则没皮没脸。

这话从何而来呢？明书芮闪着脖子那次，老纪加班，本来坐在办公室里喝茶，抿了一口红褐色的茶水，烫得他差点喊儿子，在同事面前碍于面子，还是把整口水都咽了下去。

这一口下去不要紧，老纪终于体会到了什么叫热心肠。

他散完热之后，打开电脑斗了会儿地主，又不敢开外音，总是在心里念叨："快点啊，等得我花儿都谢了……"

一提花，老纪就想起来了纪佑安上次买的那盆仙人掌，虽然不用

浇水，但是上回扎了他一下。

长话短说，他老人家想儿子了。

想着想着，电话就打出去了，他说儿子啊，今天周六，晚上回来吃饭不？

纪佑安没空理他。

"爸，我忙着呢。咱待会儿再说行吗？"

老纪鄙视他："你能忙啥？要我说，你别整天鼓捣你那社团了，你能和它结婚生孩子吗？赶紧寻摸寻摸，看看身边有没有合适的小姑娘。"

"爸，我先挂了。"

"你干啥去？"

"找小姑娘去！"

"行啊你小子……喂？喂喂？"

老纪在办公室里踱了几步，由衷地替儿子感到高兴，这种兴奋意味着，他不用再提防儿子身边任何一个好兄弟了。

茶水刚有点凉，他咕噜了一大口，拿着车钥匙出了门。

本来抱着撞大运的心情，没想到他那天运气是真不错，刚开出校门口，就在路边看到儿子了。

老纪立马把车靠过去，本来打算偷看，谁知道这两人冻得直跺脚，还四处张望着找车。

别看纪佑安细皮嫩肉的，实际上结实得很，他倒是不心疼儿子，心疼那位柔柔弱弱的小姑娘，即使穿着大棉袄，也很清瘦。

他干脆戴上墨镜，把车开过去，操着一口家乡话问："小娃娃们，打车不，捎你们一程。"

小姑娘愣了一下，很显然冻坏了，想也没想就上来了。

自己儿子整个一副下巴要掉下来的模样，他挑挑眉，表示小意思。

那姑娘挺招人喜欢的，乐呵呵的。关键是自己的儿子可别欺负人家呀，车上就被他看到一次，这个臭小子！

纪佑安当天晚上回到家的时候，老纪就把他从头到尾地批评了一顿，话题围绕着千万别欺负人家而展开，连他自己都觉得，自己这个未来公公真是当得不错。

再次正式见到明书芮就是双方见家长的时候了，老纪苦口婆心劝了纪妈妈很久，她始终无法接受儿子要送人了的事实，直到他说："行了行了。人家父母还没哭呢，养了这么多年的女儿，说跟咱儿子跑回来就跑回来了。"

纪妈妈一听，嗯，还是对方比较吃亏。于是，心情就莫名其妙地变好了，也逐步接受了明书芮这个新的家庭成员。

老纪跑到楼下买醋，一边走一边想，现在万事俱备了，只欠一个大孙子，这次他俩回来，他得好好问问他们的打算。

想着想着，老纪就来到了便利店，拿完东西一摸兜——哎哟！忘带钱了。

手机上的钱又不够，他刚想给家里打个电话，纪佑安和明书芮进门了。

老纪上来就是一句："快，我忘带钱了。"

纪佑安和明书芮哭笑不得。

学长,
你不打算
告白吗

中秋节阖家团圆,明书芮不忍心让纪妈妈自己一个人忙里忙外,洗洗手也准备下厨。

结果刚踏进厨房的门,就被纪妈妈拿着大勺子赶了出来。

纪佑安坐在外面听着动静不对,赶紧跑过去,看这阵仗都吓傻了。

"妈,你这是干什么?"

纪妈妈笑道:"这是你俩的家,做饭这种小事我来就好了。好孩子,就等着吃就行。"

明书芮觉得心里过意不去,一个劲地往厨房里望。

纪佑安抓了下她的手,不轻不重。

"我妈那性格你还不知道?她说别管了你就别管了。"

"可是我觉得咱妈很辛苦啊。"

"等你以后当妈妈,我一定不会让你这么辛苦。"纪佑安说完,下意识朝着里屋看了看。

明书芮接着看电视。

没过一会儿,老纪从里屋出来了,明书芮赶紧把自己的手往回撤,哪知道纪佑安攥得紧,挣了两下愣是没啥用。

老纪不自然地别开眼:"咳咳……那什么,我去厨房帮帮你们的妈。"

明书芮顿时就明白了,敢情刚刚纪佑安话里有话啊。

老纪不在,她悄悄说他:"你可真阴险啊。"

"还不都是被你带的?"

明书芮火了,立马站起来,一脸正经地问:"你说什么?"

纪佑安火更大,直接把她拉回了自己的房间。

电视上还在放着中央台的广告："团圆时刻，开心时刻。×××食品祝您中秋节快乐，阖家幸福安康。"

part 2

半夜。

纪佑安黑亮的眸子紧紧盯着怀里的人。

明书芮不舒服地翻了个身，却还是被他扣着腰，使劲挣了两下没挣开。她努力掀开眼皮，看了看面前的人，噘起嘴在他脸上"吧唧"亲了一口，然后搂着他的脖子又睡着了。

男孩子和女孩子一样，在没有同爱情邂逅之前，总是对未来的爱人充满期待。

他曾经想过无数个可能，她可能是一个艺术家，有着独特的个性和审美；她可能是文案，用不同的文字编织心弦；她也可能是一名教师，温柔大气，礼貌端庄。

在事情没有完全到来时，谁也想不到最后的结局，就这样，他带着他的未知数，走过了大学三年，拒绝了几个前来表白的人。

本以为大学的时间就这样溜走，却在大四那年遇到了眼前这位。

纪佑安努力回忆着，第一次见她是什么印象来着？

也许在茫茫人海中，他们早就擦肩而过，那一张张熟悉又陌生的面孔在人生的洪流里匆匆赶来又碌碌赶走，甚至没来得及说句话，谁能想到会在哪一天于命运的幕后发生什么交集呢。

纪佑安正式见到明书芮时，是在新一届的社团招新里，他手里那

沓厚厚的测评试卷,第一个名字就是她的。

她的汉字写得真漂亮,纪佑安想,题做得应该也不错吧。

然而阅卷时那一片混乱的用词和语法,让他差点头疼得想骂街。

这当然也是引起他注意的一个不错的方式,按着青筋看完了试卷,这个人名自然也烙在了心里,她是唯一一个在"on"的后面敢加"ing"的人。

纪佑安甚至想,下次复审的时候,要问问她是不是敲错了社团的门,他会十分热心肠地为她指明想去的地方。

不过,这种水平,复审应该不会来了吧?

审核当天,叫到明书芮的名字时,纪佑安还特意竖起耳朵来多注意了一下,很快,那边急忙应下:"来了来了来了……"

他以为会是什么样的女孩子。

真失望。

想象中的浓妆没有,连衣裙也没有。

明书芮踩着小白鞋,穿着牛仔裤,素面朝天地跑了过来。

她两边嘴角轻轻一咧,露出几颗小白牙,嘿嘿笑:"纪社长你好,我是明书芮。"

他掩盖住眼里的鄙视:"你为什么进社团?"

她略有失望:"纪社长,我知道我成绩不好,但是我想多学习学习,说不定努力一下就会有所改变呢?"

纪佑安看向那双眼睛,坚定、有力量、充满了希望。

也许,社团需要的就是这种人。

社团存在的意义就是帮助他们走出困境。

他在名单上打了个钩，明书芮见了，开心不已，连连说"谢谢社长谢谢社长"。

高兴得太早了。

纪佑安补充道："社团缺个打杂的。"

她刚来的那段时间，一直都没有正式参加过社团的各种活动，他想看看，她的耐性到底有多强。

到后来，竞选副社长失败，她垂头丧气，一蹶不振。

纪佑安知道，她一直为社团忙忙碌碌了那么久，一时间怎么也没办法接受别人夺走副社长位置的事实。

而且，社团里还总有人告诉她："你一定会是副社长的。"

他们轻飘飘的一句话不要紧，把这傻孩子哄得屁颠屁颠的，可惜摔下来的时候，谁也没去扶住她。

她耷拉着脑袋告诉他："我失败了。"

纪佑安想起她平时的努力，一时间微微心疼，再加上别人对她的嘲笑，让他想要好好帮一帮这个倔强的女孩子。

只是没有想到，明书芮的脑袋有点不好使。

她条件反射踢了他一脚。

他胳膊肿了半个月才缓过来。

他没有计较，只是蹭了几天的饭。

怀里的人不安分地动了动，又转了个身。

从什么时候开始对她的喜怒哀乐十分在意的呢？也许是出去一起

爬山时，也许是以"纪渊"的身份在网上聊天时，也许是在平时心不在焉却卓有成效的补课时。

也许有很多种可能，但最终的结果都是他爱她。

他爱着她，不用回想爱的来由。

第二天，纪佑安起了个大早，见明书芮累得还没醒，有些不忍，便去楼下买回了丰盛的早餐，然后又把自己塞回被窝。

明书芮起来准备做饭，便看到了那满满一桌子的饭菜，她冲过去把他薅起来。

纪佑安眼皮都睁不开，身子被她晃来晃去，头都要甩飞了，干脆一把搂住她的肩膀，翻了个身压在身子底下。

看你还怎么"作"。

明书芮整个人都愣住了，两只胳膊举在头两侧不知道往哪里放好，惊慌失色地看了他半天。

"我……我就是问问桌上的东西是你买的吗？"

早上刚起床的男人火力大，纪佑安盯着她一张一合的嘴瞅了半天，又瞧了瞧那双圆溜溜的眼睛，忍不住一口亲了下去。

他想把她吃进心里。

结束之后，房间里气氛诡异，只有客厅的鱼缸还在哗啦啦地响着，成了清晨事后的奏鸣曲。

明书芮再次披上衣服，揉了揉早已经乱糟糟的头发，手指颤抖地指着他说："你……你……"

纪佑安趿拉着拖鞋下床。

"我去热热饭。"

周末美好的清晨就这样溜掉了，明书芮拖着两条腿来到冰箱前，刚摸出一瓶冷饮，便觉得背后凉飕飕的，抬头一看，果然是纪佑安。

他的目光就像在看做错了事情的女儿。

"不是说不让你碰凉的吗？"

明书芮可怜巴巴："可是我想喝。"

"就不能忍一忍？"

"那你今天早晨也完全能忍一忍！"

此话一出，两个人都觉得哪里不对劲，面上绯红。

纪佑安轻咳了两声："喝吧，只能半瓶。"

他走后，明书芮得意扬扬地想，看来这个办法真是对付他的灵丹妙药，以后自己要厚脸皮一点，才不会一直被他压迫。

有时候，明书芮觉得，她不是找了个男朋友，而是给自己找了个爹。

毕业了这么久，除了她的婚礼，宿舍的几位成员还没有好好地聚过。

林小徐好事将近，忙着和田北一起定场地看房子；赵玥宁忙着考研，她男朋友则已经工作；蒋秀米自打与富二代分手后受了刺激，发愤图强，毕业时拿到了国外的 offer。

四个人里，就明书芮结婚最早。

她看着大家在群里分享的最近日常，扔下手里正准备换的新裙子，有些负气，一屁股坐到了床上。

纪佑安正在做公司最新的企划案，被她突如其来的脾气弄得一脸

茫然，看了看那件才送的小红裙，问道：“怎么了？不满意再重新买一件。”

她说好，可还是垂头丧气的。

看不过她这副丧偶的模样，纪佑安放下电脑，又认真看了看那件裙子，没什么问题。紧接着，轻轻揽过她的肩膀。

“说吧。”

明书芮本来还想装一下自闭的，被他这副温柔得快要滴出水来的样子磨得实在扛不住了，噘着嘴，毫不掩饰地说：“你看，我的朋友们都这么厉害，都在为了自己的目标奋斗，我却早已经为人妻了。”

他没生气，反而笑出来，开玩笑般问：“这是后悔了？”

“嫁你嫁早了。”

“我可真厉害，在你后悔之前就把你收入囊中了。”

明书芮哭笑不得：“你是不是听不懂话？我现在想跟你吵架。”

纪佑安终于有点沉不住气了，狠狠地箍住她的肩膀，使劲摁到怀里：“嫁了就是嫁了，不管你再想要做什么我都支持你。别觉得跟受委屈似的，早结婚还挡我桃花了呢。”

明书芮腾出手来一把揪住他的耳朵。

“纪佑安！你说什么？”

part 3

两三点星月相依，夏夜蝉鸣。

明书芮坐在公园的长椅上，热得汗流浃背。

天越来越闷热了，估计是要下雨了吧。她想。

唉，真是烦。

今天晚上因为要不要吃凉菜的问题和纪佑安吵了一架，纪佑安说吃凉菜对肠胃不好，明书芮表示夏天就是该吃凉菜的时候，天气这么热，为什么不给自己找点舒服的事情做呢？

纪佑安："不可以吃。"

明书芮："我不，我就想吃。"

"明书芮，我的忍耐是有限度的。"

"我的胃是有渴望的！"

他没理她，脱下西装，戴上围裙，跑去厨房做饭了。

可能跟天气太热了有关，明书芮心里那股气就是压不下去，明知道他是为了自己好，可就是无法在心里说服自己。

于是，在他转身放盐的一瞬间，她直接跑出了家门。

夏日的夜幕来得很迟，还能依稀可见人影，她坐在公园长椅上，看了看没有任何消息的手机，反反复复几次，干脆关了机。

明书芮还算不得孤单，斜对面椅子上的人也坐了很久，她想会不会这位朋友也和家里吵架了？

本来她还打算过去拍拍肩膀，聊上几句，再建个"离家出走"联盟的，只是面前这些蚊子实在是妨碍社交能力的发挥，现在她满脑子都是"痒死了痒死了痒死了"。

她郁闷地想：纪佑安可真狠心，今天晚上不会真的要睡公园了吧？

明书芮试图将手机开机，刚打开不到一分钟，又一下子灭了，得，

百分之一的电用完了。

她抬头，四处张望。斜对面的人早就站了起来，朝着这边的方向过来，刚刚有结盟的想法，但是不代表她真的会结盟。揉了揉自己的眼睛，看不清来人，只觉得有些眼熟，明书芮更加郁闷了——早知道就戴上眼镜再往外跑了。

直到对方走近又走近了一点，明书芮才敢认："你怎么来了？来多久了？"

纪佑安抱着胳膊，一副兴师问罪的样子。

"从你出门就跟着来了。冷静了？可以回去了吗？"

她看着他铁青的脸，有点害怕，想了半天，才说出一句"我饿了"，搞得纪佑安哭笑不得。

"饿了还不赶紧回家，我一会儿给你做红烧肉。"

这话对于刚刚忍受空虚寂寞冷的明书芮来说，简直比说一百句我爱你还管用，她没出息地跟在他身后回去了。

一进门，纪佑安便把她赶去了沙发。

明书芮云里雾里地问怎么了，不会这么快就打击报复了吧？

他把药膏找出来，将那些红色的疙瘩全都抹上了。

突然间，那种跌到爆的心情放晴，望着他温柔的侧脸，脖颈上也有被蚊子咬的疙瘩。明书芮有点小感动，觉得自己刚刚真是没事找事。

国庆七天假，明书芮下班回来的时候，开心得就像要飞起来一样，结果转了几个圈，又一屁股坐在了大床上，力气大得差点把纪佑安弹飞。

本想做开心的小鸟，哪知道太胖了，只能做幸福的小猪。

纪佑安抱着自己差点弹出去的电脑，满脸惊恐："你给我减肥！"

"闭嘴！"明书芮一个枕头丢过去，继续享受着优哉游哉的生活，后来还是想吃东西的欲望把她唤醒回来，去冰箱里找了堆吃的。

节日人流高峰期，去哪里都是看人，不上班的第一天，她直接一口气睡到了十一点，纪佑安不在家，又订了外卖。

下午更是无聊，她干脆窝在沙发里追了一中午和一下午的剧，晚上纪佑安回来后，她突然想起来一件事。

明书芮："你还记得我们认识后，第一个国庆是怎么过的吗？"

"当然记得。"

"嗯？"

"去爬山了。"

"对，那时候可真好，还年轻呢。"

纪佑安上下打量了她一番。

"知道自己老了就别看见男人就走不动道了。"

明书芮表示抗议："我什么时候走不动道了？"

纪佑安掰着手指头，煞有闲心地给她算起这笔账来："周杰伦、吴彦祖、胡歌，还有新出来的那个。"

"反正现在得也得不到了，你还不让我看看了？"

纪佑安想了想，那倒也是。

明书芮见他满心都扑在工作上，也没空搭理她，便十分自觉地溜达到客厅去了。

等到纪佑安忙完，一看已经是十一点，他收拾收拾东西，喊了几声，但不见明书芮回来。

到客厅一看，她不知道什么时候裹着睡衣睡着了，手机还停留在电子书的页面，今天晚上刚买回来的红提已经只剩下核了。

他弯腰把她抱起来，听见她叮咛一声，于是便在她的脸上亲了一口，这一亲不要紧，她醒了，努力瞪着大眼睛想要清醒。

"你亲我干吗？"

"你是我老婆我还不能亲了？"

"你不是嫌我老了吗？"

合着她还在为这事耿耿于怀呢，纪佑安把她放到床上，随即打开电脑订了明天飞往安徽的机票。

"身份证号码。"

明书芮半蒙着，一听他问急忙爬起来。

"干什么啊？"

"正好明天公司没什么事，去爬黄山。"

明书芮这回彻底清醒了，扯着他的衣角，有些不忍。

"你不早说明天有空。"

"也是临时决定有空的。"

明书芮现在的工作是一名优秀的人民教师。

由于学校人员配备不足，本来教语文的她不得不服从领导的安排，成为英语代课教师。

虽然只是小学，但是明书芮的头真的很大，语文上的题讲了三遍都能错到天花乱坠，更别提，那些孩子写英语就跟鬼画符似的。

　　为此，新当上英语老师的她决定做一个招人恨的人：每天要练习写英文单词 50 个，而且作业里如果出现不认真，就重新写。

　　这个政策一出来，学生们看她的眼神都变了。明书芮也有点于心不忍，可是孩子们啊，这都是为了你们好哇。

　　今天不一样，今天下了这节英语课之后就要放学了，然后开始为期两天的休息时间。

　　不过想要得到休息也不是那么容易的，课堂上，一个孩子回答问题回答错了，而且还是重点讲过五遍的知识点，她压住满肚子火，只是让那同学回去抄写三遍，谁知道那孩子不愿意了，当众和她顶撞，她过去问他怎么了的时候，还顺带推了她一下。

　　明书芮没有感觉到哪里不舒服，这个事就打算这样过去，顶多和家长交流一下好好管管孩子。

　　放学后，纪佑安来接她，听她说了这个事，立马不愿意了。

　　"谁家的孩子？哪个孩子？"

　　"没事啦，我们还是赶紧回去吧。"

　　"你要不告诉我我就不开车了。"

　　明书芮拗不过他，指了指门口："就是那个小男孩。算了，我也没什么事，咱们回去吧。"

　　谁知道刚说完这句，纪佑安打开车门就冲对方过去了，她在后面赶紧追，又不敢有很大幅度的动作。

纪佑安叫那孩子的名字："周丛昇？"

两位家长回头，上下打量着他。

"叫我孩子干什么？"

这时候明书芮跟了过来。看见她，小周丛昇吓得往后躲了躲。趁着纪佑安还没说话，她赶紧和人家解释。

"是这样的，今天上课他把常讲的题答错了，我想让他巩固一下知识点，多写几遍，这孩子可能有点情绪，没什么。"

"什么情绪？"家长问。

"就是……"

"顶撞老师，推老师。"纪佑安抢话，"我老婆刚查出来怀孕了。"

家长一听，大惊失色，急忙道歉。

明书芮十分过意不去，便顺手在旁边的商店里买了点零食，晚上还向家长再次解释了这件事。

这闹的是什么事啊？

纪佑安对此表示："这种孩子必须让家长管管，不然下次还会推你第二次。"

从那之后，学校里都知道她有个很帅但是脾气不好的老公。

part 4

婚后的第一个新年，明书芮像个孩子一样，跟在纪佑安屁股后面到处串亲戚。

他们家亲戚可真多，这是明书芮走亲访友后总结的唯一一句话。

其实她还想总结很多，比如谁家的小孩子最可爱啦，哪家的装修风格很有艺术感啦，又或者对表弟堂妹们又有什么印象啦。她太累了，累到没有精力去总结这些，洗完澡之后直接以"大"字躺在床上，动都不想动。

一天就串了五家，她感觉自己的脸都要笑僵了。

纪佑安洗完澡出来的时候，就看到她这特别不文雅的造型，使劲一甩头，她就醒了，埋怨道："我想睡觉，你干吗弄我一脸水啊。"

"我乐意。"

还讲不讲道理了？明书芮来了精神，一骨碌爬了起来，叉着腰气势汹汹的样子，谁知道动作幅度太大，睡衣开了口子。

纪佑安满脸坏笑，挑眉逗她，明书芮脸像是红透的番茄，举起枕头就砸过去。

他抓住了她的手，愉悦地皱着眉连连摇头："你这是打算谋杀亲夫啊？"

谋杀你？明书芮想，我还要把你碎尸万段的。

于是，她跳起来就用枕头砸他。

纪佑安躲不开，中了几招，这一打不要紧，火气突然上来，扼住她的手腕，随身压在下面。

两个人拉扯之间，那条浴巾早就松垮下来，明书芮闭眼睛，让他穿上。

纪佑安盯着脸颊通红的人儿很久，始终没有动作。明书芮忍不住了，睁开眼睛，推了他几下，说你要是没事的话先起来，你挺沉的。

他轻笑一声，开口说话，有些沙哑，让人觉得哪里不对。

"你现在不困了？"

明书芮考虑了一下，这句话不会是个套吧？等着她往里钻？

"不不不，我还困，想睡觉。"

被子蒙上，纪佑安直接把她拖了进去。

"我要睡觉……"

"睡什么睡！"

"你别乱动，我不困了，不睡了还不行吗？"

"那就更好了。"

第二天，太阳都晒到屁股了，明书芮才醒过来。

比起女孩子，男人在这方面的精力简直是用之不竭。

她睁开眼睛一瞧，纪佑安早就起来了，打扮得像个家庭主夫，正打扫卫生呢。

明书芮窝在被窝里，饶有兴致地看他收拾东西，虽然动作笨拙，但是还挺像回事的。

"看什么看，你又不勤快。"纪佑安甩给她一个完美的侧脸，然后带着小倔强走了。

明书芮在被窝里一脸蒙，她什么时候不打扫卫生了？什么时候不勤快了？

不是吧？新年还没几天就被自己的男人嫌弃了？她不再抱着被子，赶紧爬起来，说干就干。

她刚摸起抹布，纪佑安见了，抢了过来。

"不是说我不勤快吗，跟我抢什么啊？"

"你还是别动了，今天你就负责享受。"

"那你刚刚说的话什么意思？"

"对你起床的激将法。"

明书芮心里泪流满面，她还可以再钻回去睡一觉吗？

纪佑安的电话经常响个没完，工作的事情太多了，不管大的小的，哪怕公司养的那几条鱼发情了，打扫卫生的阿姨也会如实汇报进展。

明书芮闲得没事，便帮纪佑安接了几个电话，第一个是卖保险的，第二个是打过来告诉他中奖了的，第三个才是策划小王打过来的。

他挺着急，上来就叫"纪总"，明书芮不骄傲地应了一声，小王在那边直接卡壳了。

"你……你好，我找纪总。"

"你们纪总忙着呢，有什么事和我说吧。"

"你是谁？纪总干吗呢？"

"哦……我是纪总的好朋友，你们纪总他……插花呢。"

纪佑安拿起花瓶又放下，瞪了她一眼。

小王那边也急了："你到底是谁？我们纪总有家庭的你知不知道？"

哈？

莫不是这兄弟把自己当成小三了吧？

她本来还想再逗逗这位正直好下属，纪佑安却把手机夺了过去。

"刚刚那是你们的嫂子，别理她，她一贯没正事。策划那边出结果

了？说说看……"

纪佑安摘下围裙进书房了，明书芮只好捡起抹布继续劳动起来。

他负责养家糊口，那她负责做贤妻良母。

田北和林小徐订婚早，但是结婚晚。

结婚的那天选在了春天的某个风和日丽的日子，纪佑安和明书芮作为特邀宾客，隆重地参加了多次的试妆与场地设计，四个人的意见总是统一不到一块去，吵了 N 场架之后，最后总算敲定下来。

结婚那天，明书芮在后面陪林小徐候场，林小徐问她："我怎么到了这一天，就觉得跟做梦似的呢？"

看她有点想哭，明书芮急忙拉了拉她："行了行了，伤感什么？这不是你的梦吗，别整天五迷三道的。"

一听这话，林小徐破涕为笑，仿佛瞬间回到了大学时代在一起嬉笑犯"二"的日子。

赵玥宁忙着去国外做报告，蒋秀米国外的工作忙回不来，没法参加婚礼，两人倒是凑在一块给录了段视频。

明书芮早就知道，但是没告诉她。

可等视频播完之后，看着站在中间的新娘，她哭得比谁都惨。

忙完一天结束，她累得不行，躺在副驾驶上，喃喃自语般问纪佑安："你说，你那时候怎么就喜欢上我了呢？"

这个问题，他也不知道。

他摇头。

她闭着眼睛看不见，但还是笑了。

纪佑安算着日子，说这段时间的婚礼真多。

明书芮诧异地问还有谁。

他说："宋琪啊。还记得吗？"

"哦！就是跟你考上同一所大学的表妹！她要结婚了吗？嫁给谁啊？"

"你猜，她会嫁给什么样的人。"

在明书芮眼里，宋琪是个艺术个性十足的女孩，一头长卷发，断指，性格直白不做作，还画得一手好画。

"她嫁的一定是个年轻有为的艺术工作者，又或者是成熟稳重事业有成的那款？"

"和你同行。"

"老师？"

纪佑安点头。

明书芮惊得下巴都要掉下来了，不可思议地质问："不是吧？怎么会嫁给老师？"

"我一开始听到这个消息的时候也是这个反应。"他随手把她拉进怀里，"我想了半天没想明白为什么。上次见面的时候，她说了一句话，让我印象深刻。"

"什么话？"

"喜欢一个人哪有那么多理由。"

纪佑安望着她细密的睫毛，开始回忆。

学长，
你不打算
告白吗

第一次见面。

再一次见面。

第一次讲话。

再一次讲话。

……

"纪社长你好，我是明书芮。"

"我知道我成绩不好，但是我想多学习学习，说不定努力一下就会有所改变呢？"

"你有没有喜欢的人啊？"

"你喜欢的人是我吗？"

"怎么就拆了呢？早知道就去多看几眼了。"

"我那时候就觉得啊，再怎么努力，也跟不上你的步伐。你说你那时候知道我是你的学员，怎么沉住气的呢？"

从人工湖的水面上心意萌动，到两座城市间搭建出新家庭的桥梁。喜欢是在什么时候悄然至心的呢？

他不知道，他也不想再去知道，因为现在怀里抱着的，就是他的余生。

他们的感情不伟大，也不令人感动，平凡又简单，却始终灿烂着自己。